U0028779
的夜晚
不作夢
著
佐渡遼歌

C o n t e n t s

一、鯨魚布偶

我還不太熟悉去年尾牙抽獎拿到的咖啡機，每次要加咖啡豆的時候都會把蓋子轉到錯誤方向，卡住才想起應該要轉另外一邊。以前曾經聽說習慣要經過一個月的時間才會養成，不過時序已經邁入九月，距離去年尾牙也經過好些時日了，為什麼新的習慣尚未刻劃到身體裡面呢？

這個疑惑直到咖啡泡好都沒有得到解答。我端著馬克杯，穿過六坪大的寬敞客廳，前往位於角落的小餐桌。那是我一個人喝咖啡的固定位置。

好半晌，三房一廳的公寓某處傳出「嗶嗶嗶」的機械提示音，我趕忙放下馬克杯，快步走到位於浴室洗手槽旁邊的洗衣機，打開蓋子，用雙手環抱起脫水完畢的沉重棉被，搖搖晃晃地再度穿過客廳，用腳推開陽臺拉門，努力擠出去。

花了些時間將棉被撲到鏽跡斑斑的深紅色鐵欄杆，我確認固定夾都妥妥夾好才將雙手撐在腰間，大大伸了個懶腰，抬頭仰望被屋簷遮蔽一角的晴朗天空。

遠處山脈的積雨雲緩緩爬升，白得令人感到眩目。

蟬鳴不絕於耳。

初秋午後的微風帶著悶熱，令人昏昏欲睡。

公寓位於二樓的緣故，剛搬進來的時候偶爾會有野貓跑到陽臺戲耍。學長總說是從旁邊的櫸樹枝幹跳過來的，我卻從未見過，始終半信半疑。最近也不太看到野貓的蹤影了，先前趁著特價備妥在流理臺碗櫥的鮪魚口味罐頭一直沒有派上用場，積了一層灰塵。

陽臺角落的盆栽栽種了一些食用蔬菜。青蔥隨風搖曳，大概最近就可以採收了。找一天來吃蔥花蛋吧。隨意想著這些事情，我在陽臺待了一陣子。倚靠著的鐵欄杆摸起來沙沙又硬硬的，可以感受到漆料經過日晒雨淋的龜裂觸感。

隔壁陽臺晒著好幾件白襯衫，在陽光之下顯得閃閃發光。拉門卻深鎖，隔著厚重的簾幕看不清楚內部情況。

「這麼說來，似乎沒有在陽臺見過隔壁鄰居。大概時間都剛好錯開了……」

我凝視著那幾件摺痕明顯的白襯衫，再次走回客廳。

放在小餐桌的咖啡已經變溫了。空氣中殘留著幾乎要消失的淡淡香氣。

藍白為主要色調的裝潢簡潔且富有設計感，最近卻因為許久沒有時間整理，呈現某種紊亂的生活感——沙發的碎花拼布抱枕、堆滿桌面角落的旅遊雜誌、電視櫃內排列整齊的光碟盒子、隨意擺放的幾本日文小說、陶瓷的裝飾品。

牆面則是掛著寫有「morning」字樣的置物鐵架和一幅雪景的兩千片拼圖。

大多數物品都是入住後斷斷續續添購的，不過打從首次踏入這間公寓的時候，我就覺得待在這裡很令人放鬆。

並非家裡房間熟悉無比的放鬆，而是特地出遠門到陌生國度的那種感覺。

即使居住將近兩年的時間，依然時常湧現這個感覺。

我倚靠著牆壁，凝視擺放在電視櫃旁邊的玻璃海豚裝飾品。

去年的這個時候，我依然待在教室吧？正好是第五節課的時間，不過沒有認真聽講，只是單手轉著筆，半發呆地任憑時間流逝。仔細想想，今天好像有考試，似乎不是蹺課的好時機。

某種麻癢的不真實感從赤裸踩在地板的腳底湧現，繞過腳踝，眨眼間就盈滿全身，然而低頭看去卻什麼都沒有。

心情突然變糟了。我扭了幾下腳踝，將殘留在杯底的咖啡一飲而盡，在公寓到處走動，拿起散落在各處的手機、錢包和鑰匙就出門了。

這棟公寓設有電梯，卻始終貼著「整修中」的泛黃紙張，從未見過有人在修。

待在室內不太明顯，踏出公寓前庭的陰影才意識到陽光比想像中更毒辣悶熱。我不禁伸手遮擋，繼續走在通往學校的道路。

途中，我思考著今天晚餐的菜色，經過最近開幕的印度餐廳、便利商店、服飾店、運動用品店和一座有著大象溜滑梯的小公園，穿越馬路，快要抵達學校時卻發現時間還早，因此決定稍微繞點遠路。

高中升學成為住校生才首次在這個城鎮生活，更是在一年多前才搬至公寓，附近還有很多不曾去過的街區。

我在幾乎沒有人的住宅區街道，挑選著背陽的陰影處，放輕腳步地走動。當我拐過一個電線杆貼滿斑駁傳單的轉角，眼前赫然是一道長長的上坡路。天空藍得接近透明，彷彿伸手就可以碰觸到頂端。我不由得停在坡道途中，動也不動地抬頭凝視上空，即使被晒得汗水淋漓也繼續站著，彷彿陷入一個很長、很長的白日夢，直到雲絮遮住了陽光，才猛然回神。

取出放在口袋的手機查看時間，我暗叫不妙。遲到了。

方才的白日夢感有如潮水迅速退去、消逝，只剩下熱得汗流浹背的現實。

為了避免挨罵，我轉身全力奔跑。

蟬鳴聲在忽然間變得震耳欲聾，伴隨著心跳的鼓動。

咚、咚、咚、咚地響著。

偏西的陽光傾瀉而下，T恤被汗水浸溼黏在後背，很不舒服。每次奮力踩踏地面的力道都會經由腿部傳回心臟，一下、又一下，撼動全身。我突然想起國小的自己其實很喜歡跑步，想著國中、高中的時候要加入田徑社，然而為什麼沒有實行？又是從什麼時候開始連跑步的時間都沒有了？

這個又是一個不會有答案的疑問。

最近的我好像經常這麼做，反覆思索，幾天後卻連疑問本身都忘記了。

嚴格說起來是在獨處的時候經常這麼做。

如果身邊有人陪伴，自然不會將心思放在這些無謂的煩惱。

抵達學校的時候，距離放學時間已經經過很久了。校門口只剩下三三兩兩的學生。

我進入校門，穿過鋪設著石磚的前庭與貼著各種榜單與公告的川堂，循著熟悉路線繞到校舍後方，側身閃入位於建築物牆壁與外牆之間的狹窄縫隙。整排的鳳凰木颯然作響。

陽光從枝葉縫隙灑落，破碎照得泥土與落葉閃閃發亮。

走了一小段路，我來到校舍往內凹陷的水泥空地。

小米就在那裡。

她原本正在睡覺，被腳步聲吵醒的同時立刻側著小臉，用那張輪廓很深、宛如混血兒的臉蛋面向我，晶瑩澄澈的藍色眼瞳閃過一絲怒意。

「好久。」這是她的第一句話。

「抱歉讓妳久等了，小米。」

我趕忙低頭道歉。

「為什麼沒來上課？」

「早上睡過頭了，我起床之後發現天氣正適合晒棉被，想說既然都拔掉床單了，就順便打掃一下環境，等到事情告一個段落就快要傍晚了，於是就順其自然……對吧？」

「虧我還待在這裡等你，如果知道就直接回去了。」

小米伸腳踢了我一下。

「我現在來接妳了呀。」

「但是遲到了。」

「對不起嘛。」我柔聲道歉，伸出右手提出邀請，「回家吧。學長也差不多要下班了。」

「……嗯。」

略為氣消的小米點點頭，站起身子。

傍晚的氣溫依然相當乾燥。蟬鳴在夕陽餘暉中斷斷續續地響著。

我隨口講述今天發生和看見的事情。大多是整理家務、咖啡豆快用完、棉被的角落破掉了、隔壁戶的白襯衫洗得很乾淨等等無聊瑣事，然而小米聽得極其認真。偶爾停頓的時候，她就會抬起臉，瞇眼發出無言的催促。

繞過街角時可以看見被拉長的影子。這樣很有傍晚的感覺，我很喜歡。

今天的日常瑣事報告結束，接下來輪到小米了。

「——我呢，今天可是五點就起來了。」小米用驕傲的語氣這麼起頭。

「那麼早起來做什麼？」

「散步呀，凌晨的街道很安靜，比起現在這樣亂糟糟的好太多了。」

我左顧右盼。現在是放學下班的尖峰時刻，街道多出許多來來往往的人潮。引擎與喇叭的聲響更是此起彼落。

「然後就待在學校直到剛才？」

「對呀。」小米停頓好幾秒，忽然抬起小臉，認真開口：「對了！我有看到逐漸變亮的天空。你知道嗎？我發現在徹底變亮前的，天空有幾分鐘會是草莓口味的。」

「草莓口味？粉白色的意思嗎？」

我不禁笑了。這種形容方式很有小米的風格。

小米不悅地用力抓了我一下。

「真的啦，你不相信對不對？下次發現新東西也不告訴你了。」

「我相信啦⋯⋯明天也五點起床來看看日出好了。」

「就會騙人！明明是最會賴床的人！學長和我都起來了，就你還在睡！」

這點倒是無法反駁。

我轉而問：「今天在學校有發生什麼事情嗎？」

「普普通通。」

「妳還是喜歡那個可以晒到太陽的位置？」

「嗯嗯。」

這是小米的口頭禪。

第一個「嗯」是一聲，第二個「嗯」是二聲，偶爾還會在兩個當中插入一個短短的「嗯」。這個口頭禪幾乎可以回答所有問題，涵蓋肯定與否定，說是最強的口頭禪也不為過。

這次「嗯嗯」是「沒錯」的意思。

「畢竟那裡是我們初次相遇的場所呀。」小米補充說。

「說得也是。」

我偏頭凝視著小米，忽然想不起來她後頸的痣在右邊還是左邊。

「……為什麼突然停下來了？」

面對那雙天空藍的眼眸，我不禁開口詢問。

「吶，妳脖子的痣在右邊還是左邊？」

「忽然之間在說什麼啊……」

小米露出困擾的笑容，微微轉身。這個位置正好可以窺見肩膀附近的一個小黑斑。

她再度凝視著我，就像在問「看清楚了嗎？」。

我用力點頭，牽起她的手繼續走回公寓。

今天的晚餐是煎雞柳肉、炒青花菜和玉米濃湯。

有了每天等待吃飯的對象，廚藝自然進步迅速。當初那個以為瓦斯爐的按鈕轉一圈就會關掉的我，現在也能夠在一小時內煮出足以端上桌的餐點了。出乎意料的，我發現自己其實挺喜歡料理的。

想著其他人，努力做出讓他們喜歡的菜色。

這件事情讓我感到很開心。

廚房和客廳中間只隔了一個矮櫃，因此每當我轉身，就可以看見躺坐在沙發的小米。她抱著一隻粉紅色的鯨魚布偶正在看電視。那是她的朋友，從小就每晚一起睡覺，儘管如此卻沒有名字。

小米對鯨魚布偶說話的時候，總是省略主詞，像是「過來」或「抱抱」。

私底下，我稱呼那隻布偶叫作小鯨。

我向來沒有什麼取名天分。

夕陽恣意從陽臺照入公寓，將客廳的各種物品都染得一片通紅，遠方天空卻呈現詭譎的深紅色。正好和鯨魚布偶相同的顏色。

當我將碗筷排好時，玄關正好傳來聲響。

學長回來了。他穿著當初我們一起挑選的西裝。

原本購買西裝只是為了面試，學長和我都覺得預算控制在五千以下就可以，然而小米堅持第一印象最重要，獨排眾議地挑了全套超過三萬的半訂製西裝。最後學長順利通過面試，也進了一家每天上班都要穿西裝的公司。

「歡迎回來！」

小米立即拋下鯨魚布偶，噠噠噠地跑到玄關迎接。

「我回來囉。」

將公事包放到鞋櫃，學長隨意蹭掉皮鞋，難掩倦意卻也露出寵溺的笑容，一把抱起小米。話雖如此，明明主動迎接卻很快就感到厭煩，小米快步逃回客廳，回到沙發繼續和懷中的鯨魚布偶聊天。

「總算回家了……今天過得如何？」

學長將襪子脫下來，扔到洗衣機前面的塑膠洗衣籃後，這麼問。

我知道這次問話的人是我，一邊用湯勺攪拌玉米濃湯，一邊偏頭思索片刻，覺得沒有什麼特別值得一提的事情，因此就模仿了小米的回答。

「普普通通。」

「是嗎？不過普普通通就是最好的。」

學長感慨良多地頻頻點頭，走入臥室準備換下西裝。

一時之間，客廳內只能聽見煮湯的啵啵聲響，和小米對著鯨魚布偶的說話聲。

我緩緩攪動木製湯杓，過了好一會兒才察覺，換成居家服的學長不知不覺地站在身後，將下巴靠著我的肩膀，探頭打量湯鍋。他戴著只有在家才會用的黑框眼鏡，比起剛才少了點社會人的世故，多了份熟悉感。

以前待在學校的時候，他也總是戴著這副眼鏡。

「玉米濃湯嗎？我比較喜歡喝酸辣湯耶。兩種湯包的價錢不是一樣嗎？」

「明天再煮酸辣湯啦，最近你都說要喝酸辣湯，讓玉米濃湯的分量囤積很多耶，再不吃完就要過期了。」

「因為酸辣湯比較好喝呀。」

「你去陪小米啦，不要在這邊鬧。」

「是是。」

學長吐了吐舌頭，輕笑著逃進客廳。

吃完晚餐之後，學長自願負責洗碗。我蹲在冰箱前面，仔細審視存貨，思考明天該煮什麼樣的料理，才能夠最有效率地消耗食材。為了避免忘記，姑且先將酸辣湯湯包放到門邊的顯眼位置。

只見吃得太飽的小米脫力似地躺在沙發，仰望天花板發呆。鯨魚布偶掉在旁邊地板，尾鰭都壓到了。

為了避免她就那樣睡著，我隨口拋了個話題。

「等等要如何打發時間？玩上次買的那個桌游還是奧賽羅棋？」

小米沒有回答，倒是學長猛然抬頭。

「對了，看那個吧！前天才借回來的那片！我很期待那位新演員的演技。」

滿手泡沫的學長興匆匆地跑過客廳，用手肘打開電視櫃，隨手在褲子抹了抹就拿出好幾片ＤＶＤ光碟。我沒好氣地拿起抹布，急忙跟在後面，將滴在地板的水滴擦乾淨。

等到收拾完畢並且輪流洗完澡，我們一如往常地聚集在客廳。

五十二吋的電視螢幕播放著學長借來的美國英雄電影。

我和小米平時並不太看電影，大概是偶爾想體驗電影院的氣氛，才會隨便買最熱門的票、一年看幾部的程度。學長卻是熱中於此的超級英雄影迷，他能夠背出每位超級英雄的歷屆演員和出身來歷，也有在收集卡片和公仔，儘管如此卻不喜歡去電影院，不想去賭可能遇到吵鬧觀眾的可能性，總是等到有光碟再租回家悠哉觀賞。

近年來，美國英雄電影與影集的數量暴漲，出現了許多以前從未聽過的人物，每天晚上，我們幾乎都待在客廳消化似乎永遠也看不完的新作。為了營造類似電影院的氣氛，我們將電燈刻意關掉，不過今天的走廊末端隱約可以看見光線，大概是廁所的燈忘記關了。話雖如此，學長和我都沒有起身的跡象，任由那盞燈亮著。

壓克力的桌面放著兩包從中間撕開的洋芋片。薄鹽和起司，分別是我和學長喜歡的口味。小米基本上每種口味都只看看卻不吃，斷斷續續咬著學長充當下酒菜的魷魚絲。

她總是吃得很慢，用雙手指尖抓著魷魚絲，一小口、一小口很珍惜地咬著。水滴滑落銀色的啤酒罐，沾溼了旅遊雜誌的一角。

空調的嗡嗡聲響令人有些昏昏欲睡。

坐在沙發的小米依偎在學長胸前，發出撒嬌的嗚噎聲。我牽住她垂下的右手，坐在沙發前方的地板，用稍微歪斜的視野看著螢幕。

彷彿對待絲綢似地輕撫著小米的手，柔軟掌心傳來的熱度，伴隨著我們三人的心跳，悄悄地、緩緩地滲入內心深處，凝固成某種神祕且繾綣的情緒。就像是忽然在老家的儲藏室裡，發現了小時候的寶物盒，也像是在書店聽見熟悉卻不曉得歌名的童謠。

胸口有些緊揪，但是並不討厭。

片刻，小米忽然換了個姿勢，將雙腿搭在我的後背，輕輕踢著。

「膩了？」我問。

「嗯嗯。」

小米再次踢了下腳，這次是「沒有」的意思。

學長依然看得很專注，甚至沒有注意到小米挪位了，單手維持抱著什麼的姿勢，動也不動。那姿勢頗為有趣。

我忍住笑意，接著突然注意到小米左腳的小拇指有個淺灰色傷疤。我曾經在某部日本電影中看過，關於男主角親吻女主角腳趾的場景，現在覺得有點瞭解他的心情了。記得親吻身體每個部位，都有其代表的意思，腳趾是「寵愛對方，如同對待生命中最為重要的事物」。

這個時候，螢幕忽然傳出爆炸聲響。小米被聲音嚇得身子一震。

劇情進展到子彈胡亂飛射、高樓大廈倒塌的高潮。

學長不禁前傾身子，專注凝視電視螢幕。

小米原本就不喜歡英雄題材的電影，發出抱怨的嘟囔，卻依然沒有離開沙發。

「現在正是精采的部分呢！」

感受到學長想要分享興奮情緒的念頭，我替補上小米的位置，坐到旁邊。學長攬住我的肩膀，講得相當熱切，不過我幾乎沒把內容聽進去。

夾在學長與小米之間，熟悉的洗髮精味道在鼻尖縈繞。那是和自己一樣的洗髮精味道……家裡的洗髮精只有一瓶，當然會是相同味道，不過我還是感覺胸口湧現出躁動的激動情緒。

明明彼此之間相處了這麼久的時間，每當靠得如此接近，依然會心跳不已、感慨萬分。

學長和我有相同的感受嗎？

小米也和我們有相同的感受嗎？

好一會兒，倦意無預警地襲來，我和小米幾乎同時打了個哈欠，接著互相對視，用帶著淚水的眼角笑了出來。學長好幾秒後才遲來地偏頭，疑惑地揉了揉我的頭髮，再度將注意力轉回螢幕。

彷彿楓糖漿流過血管似的，我牽住小米的手，側身倚靠著學長。

我再次意識到自己真的好愛、好愛這樣的氣氛。

無論今後的時光荏苒，自己始終會記得現在這個瞬間吧。

病態、扭曲卻真實，存在於這棟公寓的小角落，只屬於我們的時光。

如果允許的話，我希望一直維持這樣的關係……

二、毛巾

學長在一家以日本為主要對象的公司任職。主要業務是腳踏車和相關零件的銷售與宣傳。

從高中二年級的暑假，學長就在那間公司打工了。

從小學高年級就是籃球校隊的主力球員，學長的右手和右腳開過幾次刀，不至於影響到生活，卻湊巧達到免除兵役的條件，高中畢業後他直升為正式職員，開始了朝九晚五的社會人生活。

學長本人調適得相當完美，不過也出現某些新的習慣。

每天早上都要沖澡就是其中之一。

據說這麼做能夠刺激大腦，提升整天的工作效率。學長提出許多外國報告佐證，洋洋灑灑的內容甚至足以疊成一本書，然而在我看來，他的行為和每天早上根據星座占卜選擇服裝的人們沒有差別。

沖完澡後，他老愛裸著上半身在家裡走來走去、自然風乾則是新的壞習慣。

剛開始同居時，他甚至只穿一件四角內褲，嚇得小米當場尖叫，導致接到鄰居聯繫的警衛滿臉擔憂地前來關切。為了避免再次發生類似慘劇，學長總算稍微收斂，至少願意穿上褲子。

話又說起來，當時我受到的衝擊並不亞於小米。明明學長在開始上班後就鮮少運動，回到家更是以「賺錢就是要花」為藉口暴飲暴食，盡吃些洋芋片、可樂之類的垃圾食物，還窩在沙發看電影，為什麼還能夠維持肌肉線條分明的身材。真是不解之謎。

我從那之後就不敢在他們面前裸露上半身。由於學長好幾次提及想去海邊玩，我甚至認真思考過，穿泳褲的時候該如何掩瞞自己身材不好這件事情，也偷偷網購過一組啞鈴想要健身。

結果三天就放棄了。

早知道就參加運動性社團了。我也這麼後悔過，然而如果時光倒退，我一、二年級在填寫社團志願時，依然會將天文社列為第一候補吧。因為天文社的教室窗戶可以看見籃球場，能讓我待在最佳位置看著練球的學長，而且總是一敲鐘就放學，可以最快見到小米。

學長曾經打過一個比喻，我認為相當貼切。

小米就像是兩端都是N極的長條型磁鐵，分別吸住了學長和我這兩個S極的圓形磁鐵，形成一個穩固，且不會被其他磁鐵干擾的緊密關係。

雖然這是需要讓腦筋轉幾次，才能夠理解的艱澀比喻，寫在期末考作文的話，大概會被老師用紅線劃掉，不過對於理科組的學長而言，應該是絞盡腦汁許久才想到的比喻吧。

比喻本身不甚理想，卻相當貼近事實。

學長、小米和我的三角形關係穩固緊密，無法再加入其他人。

在學長即將畢業的那段時間，我很擔心某些無法言喻的東西會改變。

學長彷彿要去一個我們都不曾踏足的嶄新場所，想必他會在那裡，見到許多在學校無法看見的光景，也會認識各式各樣、在各領域發揮所長的人們。

如果學長因此對這段關係厭煩了，該怎麼辦？

如果學長傾心於我們以外的人，該怎麼辦？

到時候被留下的我和小米還有辦法振作嗎？

諸如此類的煩惱日夜困擾著我，好幾次在深夜被噩夢驚醒。幸好那些擔憂並未成真。

不如說，關係因此變得更加緊密。

搬入這間位於都市叢林一隅的老舊公寓二樓，我們如同家人般朝夕相處，一年後的現在依然沒有改變。我們過著幾乎與世隔絕、日復一日的平凡生活。平日上學考試，偶爾蹺課整理家務，晚上待在關掉電燈的客廳，看著英雄電影和動作武打片，假日則是慵懶度過，偶爾研究小米想吃的料理，偶爾玩著桌遊，有時候則是什麼事情都不做、只是窩在兩張並排的單人床，一口氣睡到傍晚。

雙親寄來的生活費足以支付房租，學長的薪水則用來支付伙食費和生活雜費，之後還有所剩餘，銀行戶頭甚至有了一小筆存款。

等到我畢業開始工作，這樣的生活就可以一直持續下去……

「——現在就要出門了？時間還早吧？」肩膀披著毛巾的學長裸著上半身走出浴室。頭髮溼溼的，隨意亂翹。

「九點上班的人，請別跟八點上學的人比好嗎？現在出門基本上就是遲到了。」

我站在玄關無奈嘆息，一邊努力將腳塞進去運動鞋裡，一邊轉頭看著隨手擦拭頭髮的學長，還有躺在沙發的小米。她今天大概也是蹺課吧。

「我今天應該可以提早下班，晚餐來吃點特別的吧……你有想吃什麼嗎？儘管說不用客氣喔，順帶一提，我想吃燒肉。」

「你根本沒有徵詢我們意見的意思吧？這個月的花費已經超過平均了，我們不要外食啦，冰箱剩下一些豬肉，晚上我隨便弄弄就好。」

「為什麼會這樣？這個月有買什麼嗎？」，

「你的家庭劇院組啊！」

「那是必需品啦。」

學長笑了幾聲，耍帥地端正神色說：「人生苦短，每天都要當成最後一天來過！如果你沒意見就讓我決定吧，今日的晚餐主菜就決定是燒肉了！吃到飽燒肉！」

我向小米投以徵詢的視線。

幾乎在同一間，小米也正好朝我望來，不置可否地說著「嗯嗯」做為回答，懶洋洋地在沙發滾了半圈。

「等會兒預定完餐廳再傳訊息給你。記得看喔。」

「好吧，我們放學後會直接過去。」我無奈同意。

「……我更晚下班，慢慢來沒關係。」

學長將肩膀靠著牆壁，輕輕搖著右手道別。直到大門掩起，半覆蓋著鎖骨的毛巾的那份純白，依然殘留在我的腦海，久久揮之不去。

在出門上班前的這段時間，學長和小米在公寓獨處。

他們會做什麼？

又會聊什麼話題？

在那些話題當中會出現我的名字嗎？

內心湧現一絲絲嫉妒，不過我很快釋懷，快步穿過維修中的電梯，走下樓梯。

公寓前庭的花圃似乎正在翻修。會使用「似乎」來形容是因為，原本那裡沒有栽種什麼花卉，任憑雜草蔓延滋長，都快要侵占到走道了。

此時此刻，泥土被翻了起來，那些雜草則是全部被連根擺放在旁，堆成小丘。

早晨的空氣當中，多了一份淡淡的青草味。

我加快腳步走向學校，卻是想起當初我們首次踏入這棟公寓的時候。

那天是個大晴天。學長一開始並不太滿意這個外牆瓷磚剝落的陳舊外觀，嘟囔著「難怪房租這麼便宜」，然而小米相當中意，一會兒蹲在花圃旁凝視草梗末端的瓢蟲；一會兒又跑到角落的泥土空地。

最後兩票對一票，我們決定租下二樓最角落的房間。

想著這些不禁莞爾的往事，我勉強趕在鐘響前抵達學校。

教室有種久違的陌生感，明明只有翹掉星期五一天的課而已。隨口應付著同學投來的消遣，我遲疑了好幾秒才想起來自己的座位，信步走去。

高中三年級的早自習一律都是寫考卷。

說起來和我沒有關係，然而交白卷太多次也很麻煩，只好隨意填寫空格。

黑板角落寫著今天的兩位值日生。那是相當經典的橋段，我卻不曾實際看過畫在值日生姓名上面的愛心傘，不如說，基本上都只寫著學號，連名字都不會出現。

以前問過學長，日本人是否真的會在黑板角落畫愛心傘。

現在卻想不起來他是怎麼回答的。

教室很安靜，只有筆尖劃過考卷的沙沙聲響。

我轉頭凝視著晴朗天空，毫無由來地懷念起待在公寓的學長與小米。明明有著放學見面的約定，今晚也會回到同一個場所，我卻依然感到無比懷念。

小米曾經說過——她想要珍惜現在的關係，希望永遠不要改變。

我會盡力達成小米的所有願望，我想，學長也是如此。

因此，我們對著彼此許下承諾。

不會有人受到傷害，不會有人傷心流淚，不會有人留下遺憾，並且最重要的，我們會一同維持著這段關係直到永遠……我們都知道「永遠」是只存在於童話故事的美好詞彙，彷彿兒童戲言般的詞彙，卻始終堅信這個承諾會持續下去。

打從那天起，我們從未再將約定化成言語重複敘述、大聲強調，因為沒有必要。

我沒有一天忘記約定的內容。

我相信學長也是如此。

即使每隔幾分鐘就注意手機是否有收到新的訊息，學長直到第七堂課才傳了兩則訊息過來。

第一則是網址，第二則是文字訊息。

『——找到一家超便宜又好吃的燒烤店。三百元！六點集合！不准遲到喔！』

學長向來不是會考慮價錢的人，只要不是特別昂貴的天價，他總是隨意地決定買下，刻意強調價錢這點，大概是對於早上的道歉。至於連續三個驚嘆號也幾乎沒有見過，大概在公司遇到什麼好事了。

我乾脆翹掉最後一堂課，先回公寓換掉制服，以免沾上燒烤的油煙味，接著強硬拉起似乎在沙發睡了一整天的小米，前往那個網址的實際地址。

小米和我相同，屬於在狹窄公寓也能夠愉快生活的類型，我們不需要變化與驚喜，持續著平淡日常就是最好的，外出則難免有些躁動。對她而言，這樣就是出遠門了。

我好幾次想過用相同金額買食材回公寓烤著吃，會更放鬆也更享受，不過學長屬於喜歡社交、喜歡旅行、喜歡新奇事物的類型。或許不那麼絕對，不過學長可是加入過籃球校隊，這個就是我們之間決定性的差異。

那是我不會做出的選擇。

想過，但是不會實行。

路上有些塞，下了公車的我和小米，抵達那間位於偏僻巷弄的燒烤店時，已經超過六點了。

學長一副等待許久的模樣，單手扠著口袋，百般無聊地玩著手機。他脫掉西裝外套，摺著夾在扠在口袋的那隻手。白襯衫的袖子也捲到一半，露出骨骼分明的手腕。即使以男生的審美觀來看，他也相當帥氣。

注意到我們的瞬間，學長頓時笑開了臉。

「超慢的耶。」

「不好意思啦，不過尖峰時段的交通就是那樣好嗎？這個已經是最快速度了。話說這間的位置也太偏僻了，怎麼找的？」

學長搖了搖手機。

「我是想要詢問比較細節的部分。」

「網路評價不錯啊。」

「真的嗎？這個價位提供的肉很令人懷疑耶……」

「肚子餓了。」

小米的抱怨打斷了對話，於是我們停止交談，並肩踏入店內。

燒烤店入口的落地窗是毛玻璃，看不清楚內側裝潢。店內煙霧瀰漫，放眼望去都是包著塑膠膜的紅色桌椅，櫃檯擺滿各種不協調的擺設，招財貓、爆竹與金元寶緊緊相鄰，旁邊牆面貼著「本店免開統一發票」、「未成年禁止飲酒」、「寵物友善餐廳」與各家外送的貼紙，五顏六色、密密麻麻，斜前方的天花板則是掛著一臺油膩膩的真空管電視，乍看之下相當廉價。

不過網路評價或許是對的。生意興隆，座位已經滿了八成。我們的位置旁邊正好是通往廚房內場的通道。店員來來去去。

小米和我相鄰而坐，對面的學長尚未坐穩就說要幫忙倒飲料，站起身子從後面繞過我們。擦身而過的時候，學長順手輕碰了下我的肩膀。

「蘋果汁和水，對吧？」

「完全不對，誰要喝蘋果汁啊。」我沒好氣地起身，陪學長去倒飲料。

微微歪著頭的小米沒有理會我們，蹙眉盯著桌緣有些掀起的貼紙，似乎感到很在意。

限制時間九十分鐘的燒烤吃到飽，比想像中還要快就結束了。

或許是價錢偏低的緣故，肉片的品質和超市相差無幾，而且種類大多是雞肉和豬肉，和原本預期的燒烤頗有差距。不過我沒有說出這些感想，而是向主動說要用零用錢買單的學長笑著道謝。

畢竟吃什麼都無所謂，重要的是我們共享同一段時間。

離開燒烤店，學長提議散步一小段路，小米立刻贊同。我們並肩走在充滿夜晚氣息的街道。

學長，小米，我。這樣的排序。

明明白天的時候晴朗悶熱，夜晚卻會感受到入秋的寒意。

學長稍微縮著肩膀，吃著剛才最後加點的巧克力雪糕，覺得很冷似地縮著身子，然而我想要將披在肩膀的西裝外套還給他時，他又正色拒絕。

小米很討厭出遠門，卻因為夜幕低垂令情緒高漲，即使被牽著也執意往前走，甚至跳到人行道旁邊的矮牆，搖搖晃晃地走著。

我重新拉好快要滑下去的西裝外套，接著發現小米突然止步，抬頭凝視著薄藍色的夜空，好像想要尋找星星。可惜都市的夜晚閃爍著各種大樓燈光與霓虹，連月亮都幾乎被遮蓋，遑論星光。

我模仿著學長的習慣，揉了揉小米的頭，但是立刻被撥開了。

「現在不是摸頭的時候吧。」

學長笑著插話，同樣佇足凝視夜空。

我沒有反問何時才是摸頭的正確時候，無奈從口袋取出隨身攜帶的面紙，抽出幾張向前遞出。學長在吃冰的時候，絕對不會用咬的，而是小口、小口舔著，經常流到手腕，弄得到處都是。

現在也是如此。

學長沒有立即會意過來，愣了愣才注意到雪糕已經融化了，卻沒有接過面紙，而是直接將手腕湊到嘴邊舔掉。

「那樣依然會黏黏的吧。」

「不會啦。」

「怎麼可能不會。」

「喏。」

學長將雪糕換邊，伸出手讓我親自確認。我改用另一手牽著小米，伸手回握住比自己更大、充滿力量的手。如同預想黏黏的，沒好氣瞪了學長一眼。

學長假裝什麼事情都沒有發生，笑嘻嘻地將雪糕咬在嘴巴，牽起小米。

「這樣牽著繞成一個圓根本不能走路吧。」小米無奈地說。

「有點道理。」學長口齒不清地回答，卻是沒有鬆手意圖。

小米也是如此。不如說，在情緒高漲的此刻，放著她單獨行動或許會突然跑得遠遠的，讓我和學長在後面追。實在不是剛吃完吃到飽的合適運動。

我們在街道僵持片刻，接著換成學長，我，小米的排序。

不知為何，這樣令小米的情緒更加興奮，開始用鼻子哼起歌來。路過的行人們紛紛對我們投以疑惑的視線，或許連帶受到影響，學長和我也都回以微笑。

一回到公寓，我先到臥室換掉衣服，回想著該用什麼方式清理沾滿油煙味的衣服，不過尚未理出頭緒，走出房間就看見快步穿過走廊的學長，單掌豎在眼前，還蹙著眉不停搖手。

「怎麼了？」

學長尚未回答，一陣硬物碎裂的尖銳聲響驟然傳入耳膜。

我放遠目光，越過學長的肩膀，看見待在客廳的小米焦躁地來回走動，接著將桌面、電視櫃和架子的物品通通掃落地面。

那個瞬間彷彿慢動作的鏡頭，我透過牆角的立身鏡，看見學長在家庭旅行時買回來的玻璃海豚像破裂成一片、一片的碎片。碎得閃閃發光。

雖然只是想像，但總覺得看見了倒映在碎玻璃上，每一個流淚的小米。

關於小米發怒的原因，我猜是身體又不舒服了。

小米從以前就體弱多病，跑了無數次醫院，檢查不出大問題卻又常常低燒。她有時候身體不舒服又不肯直說，心情就會變得很差，壓抑到最後就是大吼大叫，或像現在這樣胡亂弄壞各種物品。

我和學長都無法幫忙分擔痛苦，也很不擅長應付單方面發洩的強烈情緒。即使學長曾經擔心小米會讓自己受傷，嘗試阻止，結果卻是讓她更加生氣。雙方兩敗俱傷。

從此之後，我和學長達成了共識，這種時候就默默等她發洩完畢。為了避免刺激到小米，我和學長立刻轉移陣地到廁所避難。我站在角落倚靠著牆壁，學長則是坐在馬桶上面，隔著木門聽著不絕於耳的碎裂聲響。

學長依然穿著西裝的緣故，可以聞到淡淡煙味。

「可惜了那隻海豚，我還挺喜歡的。」

「是嗎？那麼下次到馬來西亞出差的時候再買兩個吧。我們倆一人一個。」

想了片刻依然想不起來學長什麼時候出差過。

我皺眉問：「公司有接東南亞的業務嗎？」

「主要是日本和韓國啦，不過總有機會的。老闆也常常在唸著要擴大業務範圍，這幾個月有預計派幾個人去歐洲某個地方出差，雖然無法否認員工旅遊的度假性質也挺濃厚的。」

「歐洲某個地方也太模糊了吧……」

「一時之間想不起來，不是德國也不是法國。」

明明剛剛沒有喝酒，學長卻似乎有點醉了。

我低頭繼續話題。

「所以你也在名單內嗎？」

「天曉得，這就要看老闆心情了。」

「那樣這個話題從一開始就沒有意義吧，而且馬來西亞也不在歐洲。」

「當作打發時間也無不可吧，小米沒有半個小時不會停手的。你想要什麼樣的紀念品？」

「擺飾吧。如果再不補充，小米下次或許就會砸電視和播放器了。」

「拜託只有那個請饒了我！」

「拜託我有什麼用。」

學長發出苦笑，往後靠著水箱。形狀姣好的下顎在鎖骨拉出陰影。廁所的燈光昏暗，角落塑膠架底層放著好幾本日本作家的愛情小說，封面與書頁布滿黃斑，上面壓著當初學長興致勃勃買來要裝球藻的玻璃架。這麼說起來，那顆球藻最後怎麼了？

我思索片刻依然想不起來。看向學長的時候，他投給我一個微笑。

我將疑問吞回喉嚨，往後讓後腦杓抵著牆壁瓷磚。

其實我挺喜歡這樣的時光。

有種偷偷窩在祕密基地的氣氛。

這個時候，客廳猛然傳來撕裂布疋的颯唰聲響，讓我不禁懷疑，小米該不會把沙發的表面整層撕下來了。學長的臉色同樣變得很不好看，畢竟那套沙發是房東附贈的。

「吶，我說啊……」

「什麼？」

「忽然有點想上廁所。你先出去一下。」

「小米還在亂砸東西耶！你忍忍啦！」

「……忍不住了，抱歉。」

「別開玩笑了！你脫什麼褲子和內褲啊！也不要掀馬桶蓋！」

小米發出的各種聲響似乎逐漸轉變成某種異國樂器。叮叮咚咚、鏘鐺鏘鐺、啪搭啪搭、嘩啦嘩啦，加上我的大吼和學長的大笑，在深夜有種法國喜劇的滑稽感。

家裡的經濟支柱是學長，一肩就挑起我們的生活雜費，不過為了幫忙分擔經濟壓力，我謊報年齡，假裝成大學生在公寓附近的餐廳打工。

兼任主廚的店長是曾經到國外知名餐廳進修的料理人，他做的義大利麵堪稱絕品，個性卻是相當不拘小節，面試時只有簡單掃了眼履歷表，問了幾個基礎問題，連學生證都沒檢查就錄取了。話雖如此，或許是我看起來比較成熟的緣故，店內員工倒也沒有人懷疑過這點。

謊言順利地延續下去。

打工內容相當單純。接待客人，端菜，結帳收銀，整理環境，除了這四項事情，幾乎沒有其他工作，尤其店鋪開在遠離鬧區的住宅區，扣除用餐的高峰時段，幾乎沒有客人。

那是我在公寓以外，少數也可以待得放鬆的場所。至少比起學校教室好太多了。

店內幾乎是三人體制，負責內場的店長，以及負責外場的兩位員工。

今天和我一起當班的同事是馬尾小妹。

因為總是綁著馬尾，所以就是馬尾小妹……雖然這個綽號只有我在心裡喊就是了。

她是一位以職業出道為目標的大學生。她在這份餐廳的打工之外，還有一份便利商店的晚班店員兼職，自行賺取學費、生活費的同時努力追尋夢想，令人敬佩。順帶一提，她在樂團的位置是貝斯手。

此時此刻，綁著馬尾的小妹整個人趴在櫃檯。臉頰就像融化了似的。

覺得很眼熟的我思索片刻，才想到曾經在網路看見某張相似度極高的倉鼠圖片。

「——大哥，今天一如往常的很閒耶。」

明明是大學生卻要稱呼高三生的我為大哥，然而我又不能否認。真是麻煩複雜的關係。

「店長會聽到喔。」

「沒有客人又不關我們的事情，悠哉等下班吧。」

儘管年紀比我大上一歲，有時候光聽說話的內容與用字遣詞，總覺得馬尾小妹或許是國中生。她本人的確也是身材嬌小，據說常常被早餐店的阿姨發自內心地喊成妹妹。

「真希望接下來都不要有人進門啊。」

「妳還是被店長罵一罵吧。」

「大哥真是認真啊，沒有客人也不會偷懶。」

馬尾小妹很快就開始玩起手機。

她最近很熱中於餵養貓咪的放置型遊戲，即使店內客滿忙到騰不出手，也會趁機跑到角落拿出手機按個幾次螢幕。

上班時間別玩手機吧。我一瞬間想這麼勸告，不過最後還是放棄，畢竟這種舉動不符合我的個性。

假裝沒看見的我盯著櫃檯旁邊的整疊菜單。紙張角落有些掀起。

今天從開門就下著綿綿細雨，生意相當慘澹，整天算起來只有個位數的客人，連店長都從廚房跑到員工休息室了。

我抬頭瞥了眼店內唯一的客人。

門邊落地窗的位置坐著一位四十歲左右的男子，身材略顯發福，身穿一套深藍色西裝。此刻西裝外套折疊整齊地放在隔壁座位。他從中午點了一份義大利麵和沙拉，就一直待在現在了。

「——那個客人已經來第三次了。」注意到我的視線，馬尾小妹忽然這麼說。

「怎麼？妳的熟人？」我問。

「不認識啦。只是有來過店裡的客人，我基本上都記得，這是服務業的基本吧。」

「我就不記得。」

「那是因為大哥你缺乏服務生的天賦啦。」馬尾小妹傲然說：「不僅是次數，我還記得那位客人每次都挑下雨天的時候來喔。」

「……所以？」

「肯定事有蹊蹺吧！」

「妳想太多了。我的話也會故意挑那種生意看起來不太好的店，這樣就可以安心消磨時間，不必擔心被店員趕。」

「大哥真是個性孤僻呢。」

「又沒什麼不好。」

聳肩結束話題的我正準備繼續發呆，然而馬尾小妹大概打膩遊戲了，比平時更加積極地攀談。

「大哥，你有夢想嗎？」

「……話題的選擇性會不會太跳躍了？邏輯沒問題嗎？」

「心血來潮嘛。看著那位大叔，忽然想到在他那個年紀，我會在做什麼。」

「如果妳有實現夢想，大概已經是活躍在螢光幕的知名歌手了，到時候如果開演唱會，麻煩看在同事一場的份上，寄幾張門票給我。」

「我是彈貝斯的喔，不會唱歌。」

不曉得曾經在哪裡聽說過，樂團成員的比例分別是吉他七成、貝斯一成、爵士鼓一成和電子琴一成。這麼看來，馬尾小妹應該有著稀有價值才對。

雖然不曉得那個統計是否正確。

「妳懂我的意思啦。就是有資格出唱片、開演唱會，或是經營音樂公司、培養新人的那種成功人士。」

「大哥說得倒簡單。夢想可是很難實現的，你知道每年有多少人進入音樂相關科系就讀，那些人在畢業之後，又有多少人有辦法只靠音樂維生嗎……」

馬尾小妹難得會說這種喪氣話，令我忍不住猜想，她是否遇見不如意的事情。

站在高中生立場，我沒有資格對此發表評論，不過為了貫徹大學生的謊言，還是得裝出成熟態度接續話題。幸好身旁就有一位朝夕相處的社會人士，只要模仿、轉述他講過的話語，就大概沒有問題。

「日本有位文豪講過，人是為了戀愛和革命而生的，革命就是搖滾。努力讓自己的歌聲響徹世界吧。」

「所以說我是貝斯手啦……」

「這麼說起來，妳現在有男朋友嗎？」

「有呀，貝斯就是我的男朋友。」

「這種不好笑的幽默就算了。」

「這是事實呀！」馬尾小妹開始彈起了空氣貝斯，右手大動作地唰唰唰演奏，然後手肘直接去撞到牆壁，痛得整個人蹲在櫃檯內發出無聲的哀號，好半晌才斜眼說：「不過有些意外，沒想到大哥會看那些書。」

其實看的人是學長，不過我點點頭。

「每天都要當成最後一天，不留遺憾地追求夢想吧。」

「想要變成貓啊……」

馬尾小妹輕嘆一口氣，彷彿全身無力攤在櫃檯。手機螢幕正好朝上，可以看見一隻虎斑貓正縮成團地窩在日式沿廊打盹。

話題結束了。我有些後悔，剛才的對話中沒有傳達出想要鼓勵的意思。

低頭凝視馬尾小妹的後腦勺，我遲來地整理思緒。

追求夢想的她，為了一個旁人眼中或許微不足道的目標耗費數年、數十年的時間，犧牲玩樂與休閒的時間，遭受到身旁人們的反對與責難，依舊終日埋首練習。儘管如此，依然沒有保證這些付出可以得到回報。

他們知道這個道理。

他們在知道這個道理的基礎上，依然選擇了那條路。

我只要能夠和小米、學長一起生活就心滿意足了，正因為如此，我打從心底佩服馬尾小妹。

「——不好意思，我要結帳。」

坐在落地窗邊的中年男子舉起右手，用比想像中更低沉的聲音開口。馬尾小妹迅速切換心情，漾起待客用的笑容迎上前，在桌邊確認完餐點和金額後，領著中年男子到櫃檯結帳。

這個時候，我突然覺得大概沒有問題。

馬尾小妹是會貫徹決心的人。

在中年男子離開不久，原本應該待在休息室的店長突然從正門踏入店內。

「店長，你剛才去哪了？」

馬尾小妹精神十足地舉起右手，像是在捏空氣團子似的，不停捏呀捏的。讓人納悶那個是不是大學現今流行的打招呼方式。

「我剛剛想到隔壁街的飲料店，似乎在做某種促銷，最近都有看到宣傳的布條，所以趁著沒人的時候過去看看。明明下雨還是排了隊伍，早知道就帶把傘了。」

店長將裝有手搖杯的塑膠袋放到櫃檯，徒勞地拍著溼掉的大衣肩處。

「什麼口味！什麼口味！」

「喝了就知道。兩杯不一樣，誰想要先選？」

馬尾小妹立刻跑出櫃檯，「嘿」地抓起其中一杯飲料，大力戳入吸管之後用力喝了一大口，隨即皺起小臉哀號。

「這是什麼詭異的口味啦！」

我不禁笑了出來。明明是事後想起來肯定會覺得無趣的對話與互動，我卻還是笑了出來。

外面的雨似乎又下大了。

落地窗被濺出一痕、一痕的雨絲。

小米穿著一件對她而言過大的球衣，球衣胸口有著白色的阿拉伯數字13，不過由於被持續拉扯，1和3之間分離得有些開。小米的雙腳則是纏著厚厚一層繃帶。

昨晚那場大鬧，多數物品都只是倒落在地，唯一的損害只有那隻海豚裝飾品。玻璃殘骸已經用報紙包妥，在學長上班的時候，讓他順路拿去公寓地下一樓的垃圾集中場扔掉了。

話雖如此，小米的腳底還是被海豚裝飾品的玻璃碎片扎出幾個傷口。學長和我都不擅長包紮，小米又不斷掙扎，最後就變成厚厚一圈了。

吃完退燒藥錠，小米的情況比較穩定了，卻依然不太舒服地躺在沙發。偶爾會去摳著鬆開的繃帶。她被我喊一聲就會聽話地停手，然而只要我將注意力放到其他事情上面，小米又會開始摳起繃帶。

我無奈之下只好先放下家務，坐到沙發隨時監視。

小米一開始還覺得挺有趣的，咚咚、咚咚地踢著腿，不過當想看的電視節目開始播放之後，她就嫌我礙事，想要獨占沙發，將我趕出客廳。

我在廚房繞了一圈，每個地方都閃閃發亮，只好放下手中抹布，放輕腳步地從後面繞過認真看電視的小米，走進臥室。

緊接著，我訝異看著混亂的場面，忍不住低呼：「你在幹麼啊！」

「……嗯？」

幾乎被雜物淹沒的學長從地板抬起頭，扯起單邊嘴角之後，繼續玩弄掌心的塑膠陀螺。

「你挑這個時間大掃除？」

「難得放假。」

對話似乎沒有咬合。

我抬高雙腿，唯恐踩到任何東西似地小心選定落腳處，一步、一步地走到學長身旁。

塑膠小掃把、汽車雜誌、國中時期的舊課本、紅黑色運動鞋、報紙、掛著貓咪吊飾的後背包、呼拉圈、拼圖的空盒子、未開封的毛巾禮盒、刮鬍刀、扭曲的衣架、籃球、破舊的泰迪熊、空相框、筆筒、沒有書封的漫畫、彈珠、吸塵器、不曉得做什麼用的鐵環，令人懷疑如此龐大數量的物品，之前究竟藏在公寓何處，我不禁感到頭暈目眩。

窗戶半開著。偏冷的風掀起淡色簾幕，吹入房內。

挪開好幾件泛黃的素色長袖上衣，我抱著腳坐到學長旁邊。

「怎麼？被小米趕出來了？」

「嗯嗯。」

我心血來潮模仿了一下小米的口頭禪。可惜學長只是笑了笑，繼續整理。

「順帶提醒，她快要把你的球衣拉鬆了。」

「那件早就已經變成她的睡衣，沒關係啦。之後也沒機會穿了。」

學長說得輕描淡寫，語氣中聽不出落寞。

我覺得胸口閃過輕痛，沉默了好一會兒，才注意到學長盤起的腳旁放著一個精緻的金屬盒子，正好抵著左腳膝蓋。紫黑色的，外層特別打磨過，在日光燈下發出如同鋼琴的光澤。

「這是什麼？」

「寶物盒，你應該也有一個吧？」

學長提起興致，用著推銷人員展示商品的方式打開盒子。

裡面放著寫給初戀卻沒有送出去的情書、十六封寫有學長姓名的情書、一張與初戀對象的合照、兩顆紫金色的彈珠、國中畢業典禮的塑膠領花、純白的鵝卵石和一支早已沒電的電子錶。

我看著眼前這些帶著學長難以抹滅回憶的物品，一時沒有說話。

「現在覺得這些回憶都是很久以前的事情了，真難想像假如我十年、二十年後再看見這些東西會怎麼想……不過一旦放入寶物盒的物品就不會再拿出來了，算是某種對於過去的訣別吧。」

學長緬懷地拿起貼有星星貼紙的情書。

我聽見客廳傳來電視節目的聲響與小米愉快的笑聲。窗戶斷斷續續地吹入寒風。我不禁摩娑著手臂，拉了棉被一角披在肩膀，聽著學長講述那些寶物背後的故事。

當天晚上，沉澱於回憶當中的學長遲遲沒有整理好雜物，我們只好拉著棉被，各自在雜物堆中挖出小角落蜷曲著身體睡覺。無論是翻身或伸展手腳，都會打到不明物體，鏗鏗鏘鏘和哀號抱怨不絕於耳，卻也笑得相當開心。

三、夢

至今為止有許多人曾經向學長告白。

身為籃球校隊的正式隊員，身材挺拔、容貌帥氣、個性溫柔、學業優異，根本集合了各種受歡迎的要素於一身，如果不受歡迎反而更奇怪。

他在國中時期曾因為前女友鬧出不少風波，學長在這方面拿捏得很好，高中三年來與許多女性朋友保持著良好關係，總會在發展到告白階段之前就抽身離開。話雖如此，如果對方也理解到這點、保持著若即若離的曖昧，學長並不會自己主動戳破那層薄膜，而是選擇靜觀其變。

這是學長的溫柔。

——世界上的男人都認為每位女人總會愛上自己。

學長曾經帶著戲謔語氣，跟我提起這句他在小說當中讀到的臺詞，接著表示來自陌生人的告白不值一提。從未展現過真正自我的告白只是流於表面，只要碰觸到內心本質，那份帶著憧憬的戀情將會迅速委靡。

明明總是表現得爽朗自信，真正的學長其實相當消極。

或許正因為如此，學長並不會只看表面就做出結論，而是會好好地碰觸、探索內心，所以才會接受這段關係，願意與我、與小米共同居住在公寓二樓的那個房間。

我們都不曾有過相關經驗，唯恐讓對方受傷，因此牽著彼此的手，宛如待在隨時會破裂的薄冰之上，小心翼翼卻穩健地向前邁步。

一年多的同居生活，我們依然牽著手，薄冰也沒有塌陷。

公寓房間也在不知不覺間堆積著各種回憶，充滿了生活感。

光是待在同一個空間，胸口就被幸福塞得滿滿的，無法考慮其他事情，彷彿被無數的棉花糖包圍，無論怎麼擺動手腳、扭動身子都無法脫離。雖然我是自願跳入這片甜到發膩的空間，然而，偶爾也會懷疑自己最後是會在底部窒息，又或者是不得不浮出表面呼吸？

我躺在沙發思索這個大概不會有結論的問題。忽然間，鈴聲劃破空氣。

小米在第一時間做出反應，嫌吵地朝我看來。

「門鈴響了。」

「嗯，我知道……來了來了。」

我打著哈欠，踱步走到玄關。

打開大門，只見一位身穿套裝的短髮女性站在走廊。

摺痕燙得筆直的襯衫白得有些刺眼，已經相當修長的腿此刻踩著五公分高的鞋跟，原本就咄咄逼人的氣勢更加凌厲，宛如一根繃緊的鋼琴弦。

她是娜娜學姊。

「許久不見。」娜娜學姊凜著臉開口。她的招呼語總是簡短客套，彷彿在忍著怒意，然後直奔主題，「我來送隊聚的邀請函。」

在這個凡事都用電子軟體交流的時代，親自來送邀請函不覺得很奇怪嗎？難道就為了這個跑遍整座城市的校隊隊員住所？我將這些疑惑嚥回喉嚨，側身讓娜娜學姊進入公寓。

娜娜學姊是唯一被學長拒絕之後依然沒有放棄的人，也是少數知道學長祕密──知道我們這段關係的人。

我和小米都不懂籃球，至多知道那是六人對六人的比賽，因此學長幾乎不會提起這方面的話題。對於娜娜學姊，我只知道她擔任球隊的經理，同樣都是三年級，以及喜歡著學長。

只有這樣而已。

去年的情人節，娜娜學姊打算在畢業之前送給學長不同於其他隊員的巧克力，刻意等到練習結束，偷偷埋伏在教室面前等待，不料卻見學長、小米和我嘻笑打鬧的情景。

即使態度稍嫌過於親暱，依然有各種理由可以敷衍過去，然而面對「你們是什麼關係」的疑問，毫不遲疑回答「戀人」的學長，也令我和小米受到不亞於娜娜學姊的衝擊。

學長向來不說謊。

這是他的優點，當時卻讓我嚇得冷汗直流。

娜娜學姊露出想要追問卻沒有辦法的痛苦神情，錯愕地將精緻包裝的巧克力扔到走廊，頭也不回地跑走了。

那天，我事前準備好的巧克力也沒有送出去。

娜娜學姊的態度沒有任何改變，一如往常地擔任球隊經理，卻也沒有死心，即使畢業了也會三不五時突襲公寓……大多錯開學長的上班時間，板著臉踏入客廳，聊著一些近況就離開。有時候關於學長的事情，一個字也不會講到。

仔細想想，打從告白失敗那天起，娜娜學姊就絕口不提那時候的事情。

真是令人猜不透心思。

原本抱著鯨魚布偶在地板滾來滾去的小米聽見娜娜學姊的聲音，噠噠噠地慌張跑回臥房。她很不喜歡有外人踏入公寓，尤其是知曉內情的外人，娜娜學姊不巧兩者兼具。

我順手掩起房門。

娜娜學姊冷淡瞥了眼，抬頭挺胸地穿過走廊，端正坐在沙發。

「……喝柳橙汁可以嗎？還是要黑咖啡？」

「沒有比較普通的選擇嗎？」

「因為我們只喝那兩種飲料啦，剩下就只有礦泉水了。」

娜娜學姊微微蹙眉了幾秒，開口說：「咖啡就可以了。謝謝。」

我走到廚房角落的咖啡機泡了一杯咖啡，放到娜娜學姊面前，這才從廚方搬了張椅子坐在對面。

娜娜學姊坐在學長的固定位置。意識到這點，我不禁感到有些焦躁。

我不擅長和年長的人交談，也不擅長應付單方面傾瀉的負面情緒，要不是擔心娜娜學姊可能以此要挾、大肆宣傳，抑或是做出某些不理智的行動，甚至不想讓她踏入公寓。

娜娜學姊並沒有主動開口，只是無言凝視著我們生活的這個空間。

良久，受不了沉默的我率先開口，「學長不在家喔。」

「我知道，否則就不會挑現在來了。拿去，這是邀請函。」

送邀請函卻故意挑當事人不在的時候，到底是什麼意思？

儘管如此，我依然只是沉默收下那張邀請函。

隔著淡藍色信封，可以摸到內部質地堅硬的信紙。

沒有根據，我卻知道這張卡片的內容是娜娜學姊親手寫的。

娜娜學姊優雅地用雙手端起馬克杯，小啜了一口。

「他的工作還順利嗎？」

「……應該挺不錯的，似乎頗受到上司賞識，說可能會拿到國外出差的機會，去馬來西亞。」

「是嗎？他應該沒有出國過吧。」

「我們都沒有出國的經驗。」

娜娜學姊微微皺眉，像是對於第一人稱的單複數混用感到不悅。

「那間公司在馬來西亞有分公司嗎？或是業務合作？」

「這個……學長在家很少提起工作方面的事情。」

「是嗎？」娜娜學姊又喝了一小口咖啡。

「那、那個，剛才說過了。學長不在家喔。」

感覺到氣氛逐漸朝著不冀望的方向發展，我又重複了一次。

娜娜學姊抬眸凝視著我。眼神深沉且銳利，彷彿想要看穿話語背後的真意。

「你知道嗎？他很溫柔。」

娜娜學姊露出深思熟慮後才說出口的神情，然而我不明白這句話的用意。

「學姊應該已經畢業了吧？」

這一次，娜娜學姊有回答這個顯而易見的問題。

「是的，我和你口中的學長同年級。」

「所以我想要說的是，學姊應該不會在意其他同班同學的事情吧？都已經畢業了，那麼也沒有必要在意學長的事情，不是嗎？」

「這間公寓是你們的小世界。」娜娜學姊朝著關起的門板投去一個嫌惡眼神，繼續說：「幾乎斷絕了其他的人際關係，不去認識新的人，也不去接觸新的事物，每天都在公司、學校和這間公寓反覆移動。你從外面的世界逃到這間小公寓，過著自認為幸福的病態生活……他則被你的任性牽連其中，你真心覺得這樣無所謂嗎？」

「既然學姊不是學長，沒有立場認定這樣不好吧。」

我露出苦笑。

價值觀會隨著時間逐漸累積，益發堅定、穩固，在自己重視的事物上面更是如此，無論不相干的外人怎麼嘗試說服都沒有意義，最多知道了一些以往不曾想過的觀點與立場，卻也僅此而已。

價值觀不會在對話當中達成交集，也不會產生妥協或改變。

話雖如此，娜娜學姊並不這麼認為。

她是不同於我、小米與學長的類型，堅信著自己是正確的，有辦法面不改色地說出銳利話語。前幾次我都想盡辦法敷衍過去，不過今天似乎踩到娜娜學姊的界線了。

這個時候，我突然注意到她的嘴脣紅得很不自然。由於我們完全不化妝，家裡自然不會出現化妝品，鮮少有機會近距離看到這樣的情況下，我不由得有些走神。

「——依然什麼都沒有改變嗎？」

「……什麼？」我愣了愣才回神，愕然反問。

「你們的關係依然和以前一樣嗎？什麼都沒有改變嗎？」

娜娜學姊平靜重複。

稍微更改過的詞彙似乎帶著截然不同的意義。

對此，我乾脆地回答：「是的。」

娜娜學姊抿了好幾次嘴唇，似乎這樣會潤溼說出口的詞彙。口紅稍微沾到了嘴邊。

「沒有任何東西是永遠不變的。這種小孩子就該知道的道理，為什麼你們……為什麼你不了解呢？」

「這些都是娜娜學姊的片面想法吧。」

「這是事實。」

「站在誰的立場的事實呢？」

「……他很溫柔，所以凡事都會順著你的想法，盡可能滿足你的一切希望，然而那樣的關係是無法長久維繫下去。你只是假裝所有事情都不會出現變化，對不想面對的事物視而不見。」

「維繫」是一個很值得深思的用詞。

我突然想起了學長的比喻。小米是吸引著我們的磁鐵的那個比喻。

或許是沒有打開陽臺拉門的緣故，客廳的空氣有些悶。

「這是雙方都需要努力的事情，我們都心甘情願地接受。退一步來說，如果學長厭倦了，他隨時可以離開。」

「少騙人了。」

娜娜學姊露出打心底惱怒的神情，再度瞥向緊閉的臥室房門。

好一會兒，娜娜學姊才開口問：「你知道為什麼我總是挑白天過來嗎？」

我真的不曉得，因此搖了搖頭。

娜娜學姊卻沒有回答，深呼吸幾次強忍住情緒後，她一口氣喝光咖啡，將馬克杯重重放到桌面。

「感謝招待。請記得將邀請函交給他。」

「當然。」

目送娜娜學姊始終挺直腰桿的身影踏出公寓大門，我聽著高跟鞋喀、喀、喀的聲響逐漸遠離到聽不見才長長吁了口氣。彷彿經歷了一場沒有終點的馬拉松比賽似的，精神相當疲憊。

這個時候，我突然羨慕起娜娜學姊。

有辦法堅信自己正確是很不容易的事情。如果有辦法擺出那樣的神情，很多事情都會輕鬆許多吧……

「小米，娜娜學姊已經回去了。」我一邊喊一邊打開臥室的門。

小米警戒地露出半個臉觀察情況，確認沒事才噠噠噠地快步跑過客廳，坐回她專屬的沙發位置。我撿起剛剛被拋到地板角落的粉紅色鯨魚布偶，放到她的旁邊。

「我不喜歡那個女人。」

「我也是。」

「那麼為什麼要讓她進門？」

「好歹是學長的熟人，拒之門外不太好啦。」

「學長才不會介意！」

小米開始鬧起彆扭，模樣相當可愛。

我頓時覺得壓在胸口的煩惱減輕許多，輕笑著安撫小米，直到她發出愜意的呼嚕聲音才站起身子，順手將桌面那封邀請函撕成兩半扔入垃圾桶。走進廚房打開冰箱，開始準備晚餐。

算算時間，學長差不多要回家了，今天就煮他喜歡的酸辣湯吧。

我正在做夢。

天空湛藍無比。

放眼望去都是齊腰高度的芒草，隨風搖曳，蕩出陣陣浪潮。在遼闊無盡的草原當中有一張立身鏡，我就站在前面。鏡子裡面的容貌平凡無奇，看慣了學長，相較之下更顯得普通，然而猛然回過神來，用手指捲著的髮絲變成了米白色。

我疑惑低頭，看著自己的胸口微微隆起，制服長褲也在不知不覺間變成了百褶裙。

再度抬頭，鏡子裡面的人正是小米。

米白色的柔順頭髮自然披落肩膀，天藍色的眼瞳宛如寶石，天真可人，散發著小鳥依人的嬌弱氣質，是個就算站在學長身旁，也絲毫不遜色的美少女。

我變成了小米。

為什麼會這樣子呢？

即使知道不可能也曾經無數次地想過，如果真的有輪迴轉世，我下輩子想成為像學長那樣的男性。帥氣、幹練且聰明，擅長運動又個性溫柔，毫無疑問是我的憧憬。如果要在夢裡變成其他人，那也該變成學長才對吧？

話又說回來，在夢境當中追求邏輯似乎打從一開始就沒有意義。

立身鏡在陽光之下閃閃發亮，倒映出令人憐愛的小米身影。

這麼說起來，我們還沒有一起去過動物園，改天學長放假的時候再一起去吧，肯定會留下很多美好回憶。小米想必會待在老虎、獅子的籠子前面佇足許久，學長也說過他很喜歡長頸鹿。說不定會在土產店認真爭執，哪種動物的玩偶才是最可愛的。

緊接著，再度回神的我發現立身鏡已經消失，急忙伸手撫摸髮尾，看著米白色的髮絲與百褶裙才稍微安心，接著注意到不只是立身鏡，連周圍隨風擺動的大片芒草都消失了，自己正身處一間石磚堆砌而成的廢墟小屋。

芒草的銀色海浪變成了真正海浪。

小屋位於海岬邊緣，由於牆面幾乎傾倒，只剩下梁柱支撐屋頂，視野遼闊，可以看見環繞著三面的海洋波光粼粼，吹過來的風似乎帶著淡淡鹹味。

「這麼說起來，不只有動物園，我們也沒有去過海邊……明明學長提議過很多次……」

我喃喃自語，思索著為什麼會夢到這些場景。

海浪打上沙灘，捲起砂礫後往後退去。

注意到這點的瞬間，浪潮聲突然在耳畔迴盪不散。

沙、沙、沙的，從遠處響起，也像是包圍在四面八方。

學長很喜歡海，據說國中畢業旅行的時候，幾乎整個晚上都待在飯店陽臺，即使視野一片漆黑也依然聽著浪潮聲，然而小米不喜歡出遠門，導致旅行遲遲沒有下文。

我似乎聽見了娜娜學姊的聲音，不過在聽清楚之前，我急忙低頭用雙手摀住，讓血管的脈動遮蓋過去。

許久之後，當我再度抬頭，身處的場所又出現劇烈轉變，這裡是國中的教室。

窗戶敞開，微風捲起白色窗簾。木頭桌椅整齊排列。

黑板角落畫著愛心傘，值日生名字的兩個位置卻都空白。

我突然想起來當時班上有一位很漂亮的女孩子。五官端正，留著超過肩膀的長髮，文文靜靜的，講話總是輕聲細語並垂著眼簾。

男生們都暗自希望可以和她一起擔任值日生，我卻不這麼覺得。與其和沒有共通話題的女孩子共同負責擦黑板、搬講義，還是和男生比較開心吧？但這句反問並沒有得到認同。

短暫沉默過後，是帶著戲謔的苦笑。

他們紛紛表示不管怎麼樣都會選班花才對；這種情況根本不用考慮吧；除了當值日生的時候，平時根本沒有機會和她講話啊。在此起彼落的話語當中，不曉得是誰嫌惡地低聲說了一句，「別講那種噁心的話」。

那是我意識到自己並不普通的瞬間。

前後的記憶相當模糊，甚至想不起來當時身邊同學的名字與臉孔，然而那幾秒的對話極為清晰，此時此刻依舊鮮明地殘留在內心深處，每當想起就會隱隱作痛。

我記得自己很快就跟著他們一起笑著，從此絕口不提這方面的話題。彷彿只要這麼做，那份有如針扎的異樣感就不會存在。

「如果沒有遇到學長，高中、大學也都會那樣吧……」

我轉過身子，桌椅隨之變高，成為了高中的教室。後方布告欄貼著考試答案、社團傳單與學校活動的公告，色彩鮮豔地彰顯著青春。下方置物櫃都是空著的，用膠帶與紙條貼著學號與名字。

我走過去蹲下身子，在熟悉位置找到自己的名字，理當擺滿教科書的櫃子此刻只有一顆橙色的籃球，碰了一下就順勢滾出來。

為什麼會是籃球呢？

我以為和學長的置物櫃搞混了，反覆看了好幾次才確定是自己的名字。

我理所當然地抬腳跨過籃球，在朝向兩側無限延伸的置物櫃中，尋找著熟悉的名字。

寫著小米的那格置物櫃同樣空無一物，卻爬出好幾條黃金葛，藤蔓沿著縫隙攀爬而上，在陽光的照映下閃閃發亮，呈現半透明的翠綠色。那是她最喜歡的植物。

陽臺角落的盆栽最初就是栽種黃金葛，希望藤蔓會爬滿半邊欄杆，像是經常在電影看到的場景。小米每天都蹲在前面盯著看，然而不知為何幾周就枯萎了，接著才改種有助於家計的蔬菜。

我來回走動，卻遲遲找不到寫有學長名字的那格置物櫃，正要放棄的時候，我偶然發現了娜娜學姊的櫃子。踮起腳尖，裡面放著包裝精美的巧克力和一封信，不過信封的愛心貼紙微微掀了起來；包裝角落也凹了下去，內容物大概慘不忍睹了。

那天，學長將娜娜學姊落在走廊地板的巧克力撿了起來，小心翼翼地收入口袋。

我沒有問過後續。不曉得學長有吃完，還是將之扔進垃圾桶裡。

然後我猛然睜開眼睛，醒來了。

方才在夢中見到的景物籠罩上一層半透明簾幕，顯得模糊不清，明明記得卻想不起來細節，只是覺得胸口有點沉重。微微抬起頭，我看見小米的頭壓在胸口，睡得相當香甜。

陽光從半拉開的窗簾透入室內。懸浮的塵埃被照得有如水晶般晶瑩剔透。

「——早安，今天又是美好的一天。」

身旁學長將枕頭立起來靠著床頭櫃，愜意讀著日文小說的文庫本。早晨時候的帥哥笑容格外刺眼。我的眉頭皺得更深了。

「早安……你既然醒著就先把小米移開啊。」

「她睡得那麼舒服，胸口借躺一下沒關係吧。我可是很想跟你交換位置呢。」

「被壓著作了噩夢耶。」

「喔？什麼內容？」

「……忘了，只是心情沒有很好。」

「那麼今天的早餐交給我負責吧，麻煩你多當一會兒的枕頭了。」

學長將小說放到床頭櫃，愉快走出臥室。

半開著的房門縫隙傳來各種微弱聲響，伴隨著咖啡和烤吐司的香味。

我凝視著緩緩捲動的簾幕，半發著呆。

兩張加大的單人床並排擠在原本就不甚寬敞的臥室，再擺放著桌椅、書架、兩組大衣櫃就幾乎沒有多餘空間了，只剩下一條狹窄通道。床頭櫃擺放著好幾隻動物玩偶，如同粉紅色鯨魚，那些都是小米的朋友，門邊牆面則貼了一張美國超級英雄聯盟的大海報。

我睡左邊，小米待在中間，學長睡在右邊。

這是我們一如往常的位置。

我和學長面對面地注視著小米，話雖如此，小米的睡相很差勁，挨拳頭或吃踢擊都只是家常便飯，早上醒來通常只剩我和學長還睡在原本位置。某次學長甚至發現脖子紅腫一片，完全不曉得小米究竟是怎麼睡的。

我拿起手機，時間超過了九點。醒得比想像中更晚。

我緩緩撫摸著趴在胸前的小米，突然想起以前的事情。

高中一年級，開學不久就舉辦了一場校內籃球比賽。尚未熟稔的同學們，組成男女各兩支隊伍報名參賽，抽完籤後才發現比賽是沒有區分年級的大亂鬥，也不曉得校方究竟在想什麼。班上隊伍都在第一輪遇上三年級隊伍，然後被打得落花流水，接下來都無聊地待在場邊當觀眾。

男子組的最終決戰相當激烈，比數不斷追平又被超越。不熟悉規則的我也看得興奮不已，激動地喊出聲音加油。

許久之後，我才知道學長打的位置是得分後衛，同時也是校隊的一軍隊員。

我當時已經對帥氣單手運著球、一邊鼓勵隊員一邊指揮的學長留下深刻印象。

那場比賽以學長的壓哨球決出勝負，可謂當屆學生都知道的傳說。學長因此成為一年級學生們的崇拜對象，無分男女。同樣身為一年級學生的我是住宿生，意外發現學長即使在校隊練習結束，依然會繼續留在籃球場，有時甚至會待到門禁前的九點。

他會獨自待在最角落的籃框，戴著校隊練習時會摘下來的眼鏡，持續投籃。住宿生的我經常看著那個身影。某日，出於連自己也不曉得的理由，我踏進了籃球場。

「學、學長在做什麼？」

現在依然鮮明記得，我第一次向學長搭話時咬了舌頭。

學長很溫柔，面對形跡可疑的我也笑著應對。表示自己的雙親頗為嚴格，大多時間都得用來讀書，即使沒有特別喜歡籃球，卻是少數可以留在學校的正當理由，接著就莫名其妙地拉著我下場單對單。

幾乎沒有運動經驗的我自然慘敗，連一球都沒有投進，自暴自棄的投球用力過猛地越過籃框，飛到校舍後方的狹窄通道，相當湊巧地砸中了當時在那邊偷懶的小米——

這個就是我們的相遇。

以此做為契機，我們逐漸熟稔起來，在相處過程中小心翼翼地碰觸彼此內心，用著話語、感情與回憶彌補認識之前的空白。明明只認識不到三年的時間，卻總覺得其實從很久、很久之前就在一起了。

小米是我和學長真正認識的關鍵，也是維繫著這段關係的磁鐵。

當時是如此，現在也是如此。

這個時候，躺在胸前的小米突然左右翻身，接著打了一個小小的哈欠，睜開眼睛。

「早安。」我笑著說。

小米那雙寶石般的藍色眼睛轉了轉，伸著懶腰，迷迷糊糊地坐起身子。

「嗯嗯？嗯……學長不見了。」

「他在準備早午餐。」

「你們起得真早。」

粉紅色的鯨魚布偶滾落到了地板，漆黑眼睛愣愣地望著我。我側身伸長手臂，用著差點摔下床的姿勢撿起了鯨魚，還給小米。

「謝謝。」

小米露出幸福的表情，抱住鯨魚。我不禁伸手回抱住她，想要傳達內心的謝意與愛意。胸口似乎被鯨魚抵住了，感受到結實且柔軟的觸感。

「幹麼突然啦！」

小米嘻笑著扭動肩膀掙脫，逃下床鋪去找學長了。

我跟著起身，走到臥室門邊。餐桌已經擺好了吐司和黑咖啡。越過寬敞的客廳區域與矮櫃，可以看見學長站在瓦斯爐前面，單手拿著鍋鏟。

搬來公寓之後，我自願負責三餐，不過學長偶爾也會心血來潮地說要下廚。大多是週末早晨。餐點內容固定都是黑咖啡、塗著草莓醬和花生醬的吐司，想吃鹹食時則是荷包蛋、火腿片，夾在吐司裡面做成三明治。

今天是鹹食的日子，平底鍋發出「滋滋」的聲響。

「——醒來了？」學長被小米從後面抱住，不過發揮了優異的平衡感很快穩住身子，轉頭詢問。

「早餐！」小米興高采烈地喊。

「早餐快要準備好了。」

「今天的荷包蛋有可能變成炒蛋嗎？」

「那次是意外啦。」

我凝視著學長露出苦笑的側臉，忍不住開口：「你還記得我們初次相遇的時候嗎？」

「籃球比賽的事情？」

我一怔，難掩訝異地反問：「那個時候就看到我了？而且還記得？」

「只是聽你提過好幾次。」

「那樣並不算是初次相遇吧……」

「我記得啦。」學長低頭煎著荷包蛋，溫柔笑著說：「在放學後的籃球場吧。當時已經入冬了，天色暗得很快，籃球場周邊只有幾盞立燈，你站在旁邊看著我練習投籃，好一會兒才過來搭話。」

聞言，我突然感到很安心。

方才夢醒時殘留在胸口的煩躁情緒也因此煙消雲散。

「在那之前也待在附近看過好幾次吧，不過離得有點遠，那次搭話才第一次看清楚你的臉。現在想起來問題也很奇怪，對著正在打球的人詢問在做什麼，而且還咬了舌頭。」

學長的語氣充滿懷念。

「那、那可是鼓足了勇氣耶！」

「抱歉抱歉，沒有取笑的意思。不如說，我反而湧現興趣，才邀請你一起打比賽，也是這樣才會遇到小米。」

「嗯嗯。」

小米依然撒嬌似地緊緊抱著學長。聽到自己的名字時，稍微抬起小臉。

學長低頭回望，用空著的手揉了揉她的頭。風從陽臺拉門的縫隙吹入，捲得簾幕微微晃動。

我感受著吹過腳踝的風，偏開視線，遲來注意到今天是萬里無雲的晴天。青空湛藍、澄澈且遙遠。

即使入秋了，驟雨依然來得又快又急。

擊潰聽覺的雨聲從四面八方包圍住公寓，從陽臺看出去的景色都白濛濛的。

「總覺得呀……像是在汪洋中的孤島……」

小米趴在面向陽臺的地板，看得相當專注。

我坐在沙發，摺著剛脫水好的衣物。暗自希望有陽光可以晒一晒。

小米和我喜歡雨天。

若是在外面的時候突然下雨，比起慌張地跑入鄰近店家躲雨或是買把雨傘，我們寧願繼續在雨中前進。昂首闊步，任憑雨水打溼自己，反正只要回去洗個澡就行了。

「比起堅持帶著傘，不如隨時把浴缸放滿熱水還比較實際。」

學長曾經半放棄地這麼說。

話雖如此，我和小米也只是不討厭淋雨，並非喜歡淋雨。如果下雨的時候剛好待在室內，我們也不會刻意外出，而是待在可以看見雨的位置，左右搖擺著身體，靜靜注視。

那是永遠看不膩的畫面。

在我摺好衣物的同時，小米滾了半圈，變成變成仰望著天花板的姿勢。

「最近很常下雨呢。」小米的聲音很愉快，語尾上揚。

「昨晚新聞有說這幾天要嚴防豪雨，不過大概幾個小時就會停了。」

「真希望一直下雨。」

「那樣學長回家的時候會很困擾吧。」

「嗯嗯。」小米點點頭，突然說：「最近都沒有看見那隻尾巴黑黑的貓，不曉得有沒有躲好。」

「妳是說經常蹲在庭院門口那隻吧。不過尾巴是黑色的嗎？我怎麼記得是棕色條紋的。」

「黑色的！」小米堅持地說。

我抱著衣服進入臥室，分別歸在兩個衣櫃，再度返回客廳時，站在牆邊看著坐在陽臺旁邊凝視外面大雨的小米。磅礴雨勢一時之間沒有停歇的跡象。

我提議地問：「要去外面嗎？」

「要！」

小米立刻彈起身子，興奮地在家裡走來走去。

說是要去外面玩，我也不曉得下雨天究竟可以玩什麼。快要到下班時間了，散步也不好走遠，況且倘若弄得全身溼也會挨學長的罵。思索片刻，我收集了幾張廣告傳單和膠水、剪刀等道具，坐在地板剪剪貼貼，做了幾艘歪七扭八的紙船。

小米相當認真地待在旁邊看，等到我一打開門就搶先跑了出去。

我拿起放在鞋櫃旁邊的透明塑膠傘和鑰匙，跟著踏出家門。

來到外面走廊，雨聲驟然加大。

我想到剛剛忘記先放好熱水了，快步走下樓梯。

老舊公寓的一樓沒有設置警衛室，墨綠色地磚的大廳角落擺放著滅火器。日光燈有一盞壞掉了，發出晦暗不明的光線。我打開鐵門，頓時感受到迎面打來的冷風和雨絲。

小米應該不會跑太遠。這麼想著的我撐起傘，很快就看見她蹲在前庭角落的花圃。

前一陣子剛除完雜草，那裡現在只有泥土。在雨勢之下積出或大或小的水潭。雨水甚至從角落的缺口傾瀉，流到外面街道的低處。

撐著傘的我緩緩走到小米身邊，馬上就被瞪了一眼。

「別礙事。」

我蹲在旁邊，隨手將紙船放到水潭，小米立刻轉移注意力。

紙船本身很輕的緣故，即使被雨滴打得東倒西歪也沒有沉沒。

「為什麼喜歡雨天？我似乎沒有問過這個問題吧。」

「……因為雨水很冰涼。這是天空的溫度。」

小米和學長一樣都不會說謊。

不過她很常隱瞞真心話，用著無關緊要的回答敷衍別人。

透過半透明的傘緣，視野被切割成上下兩部分。白濛濛的陰鬱天空和清晰的泥濘小水流，基於某種衝動，我將雨傘放在小米身旁，自己則是站到雨中，讓雨水順著髮絲末端滑落臉頰。

小米不時伸手去碰紙船，讓它不至於擱淺，繼續順著水流漂動。

雨聲不絕於耳，記得曾經聽學長說過，融雪的聲音就像下雨。

那是他在書上讀到的。

我們都不曾見過雪。在某次聊天中，我們約定過等到畢業要一起去積雪堆得好幾公尺高的雪國旅行。說起雪國就是北海道，那是第一候補的目的地，這也是學長開始學習日文的契機。

「——這種大雨天在搞什麼啊？」

我轉移視線，看著學長半是無奈、半是好笑地站在公寓外牆旁邊，將塑膠傘靠著肩膀，搖頭打量著渾身泥濘的小米和溼透的我。

「有必要在這種大雨出來外面玩嗎？難道打算仿造雪人做一個泥人？」

「怎麼可能。」

「沒有在問你的回答。」

我們很快被學長趕回房間，分別被扔了兩條大浴巾，一起進入浴室洗澡。出來後才愕然發現，不知為何剛剛隨手亂扔的髒衣服正好蓋在鯨魚布偶身上，大半個粉紅色身子都沾上了泥巴。小米頓時露出了天崩地裂的表情。

「泥巴的話用水洗一下就沒問題了。」

眼尖的學長及時支援，拿起鯨魚布偶，順利安撫住正要大吵大鬧的小米。

於是學長和小米再次進入浴室努力刷洗鯨魚，我則是待在客廳將地板的泥腳印擦抹乾淨。不時聽見從浴缸中將水撈起又潑下的聲響。小米很高興地尖銳嘻笑，連客廳也可以聞到沐浴乳的香橙味道。

晶瑩虹色的肥皂泡泡似乎在天花板附近飄呀飄的，一對上我的視線就會破掉。

不久，小米帶著依然在滴水的粉紅色鯨魚，慢慢踱步回客廳。

「學長要順便洗澡，所以把我趕出來了。」

我拍了拍面前的沙發。展露笑顏的小米就碰地跳過來。

我先拿了一條毛巾墊在鯨魚下面，用大毛巾擦著小米。小心翼翼地、輕輕柔柔地擦拭。

電視螢幕一片漆黑。學長在搬入公寓隔天就買了ＤＶＤ播放器，我們幾乎只看電影。

「——好歹拿手機撥點背景音樂啊。」

片刻，裸著上半身的學長皺起眉頭站在沙發旁邊，肩膀披著毛巾。

「聽著雨聲也不錯吧。」

我將後腦勺靠在椅背，上下顛倒地往著學長。

小米也學著我的動作卻差點摔下去。

學長展現出前校隊隊員的反應神經扶著小米，逕自拿起遙控器轉到昨晚看到一半的影集，這才踏入廚房從冰箱拿出家庭號的牛奶瓶和玻璃杯。

這點是學長的堅持。

喝咖啡的時候用馬克杯，喝牛奶的時候用玻璃杯。

學長的雙親認為只要讓小孩子多喝牛奶就可以長高，據說從幼稚園開始，他每天都要喝一杯，家裡也有著專門喝牛奶用的玻璃杯。

小米立刻跑過去趴在桌面，露出專注的眼神。除了雨勢，她也很喜歡看透明杯子被牛奶填滿的瞬間。

貼在冰箱冷凍庫的三枚磁鐵是某次學長買書時的贈品。綠綠的，很不可愛。小米如此評價。

學長一直很期待便利商店會再次舉辦點數兌換磁鐵的活動，還是高中生的時候，他也經常在放學後拉著我去逛便利商店，即使沒有要買東西，也會特意看正在舉辦什麼活動。

在小時候收集磁鐵的活動當時，學長因為家裡不許他吃便利商店的產品，只能看著同學興高采烈地交換磁鐵，因此他說過好幾次，只要再度舉辦收集磁鐵的活動，我們家每天三餐，都得吃便利商店的便當和麵包，直到集滿全套為止。

不過便利商店再也沒有舉辦過點數兌換磁鐵的活動。

「要嗎？」學長問。

「我自己來就行。」

我拿出平時喝咖啡的馬克杯，當我將牛奶倒完放回冰箱，站在旁邊的小米突然打了個噴嚏。

小小的。很可愛的。哈啾。

四、祕密基地

小米的睡相很差，同時，睡眠品質也很不好，常常作噩夢。每隔一陣子就會被噩夢驚醒，在半夜突然鬧起來。這個時候，學長總會打開床頭燈，湊著昏暗光線，彷彿哄嬰兒睡覺似地輕輕拍著小米安撫，有時候也會哼著美國民謠。

學長向來秉持著不唱歌的主義，高中三年都沒有和同班同學或校隊隊員去過ＫＴＶ，音樂課的時候也用各種辦法逃過需要唱歌的場合。他並不是音痴，我偶爾會在早上聽見浴室傳來若有似無的歌聲，學長就是單純不想在其他人面前唱歌而已。

我總是假裝沒有被吵醒，聽著學長的低沉歌聲，比小米更早進入夢鄉。

有時候我會在半夢半醒之間聽著學長和小米的談話。學長帶有磁性的嗓音，和小米宛如風鈴的笑聲，輕輕柔柔的，在耳畔迴繞。胸口會湧現難以言喻的幸福感，彷彿在夢中與暗戀的對象牽手。

有時候睡醒也會發現小米躺到我或學長其中一個人身上。

我們私底下將這個當作某種抽籤，如果睜開眼睛就見到小米幸福的睡臉，接下來一整天會有好事發生。

今天正好是我中獎的日子……雖然學長一大早就去公司加班了，小米別無選擇，也算是強迫中獎。

醒了卻依然繼續躺在床上。今天是星期六。我抱著小米，靜靜聽著雨聲。

雨從學長出門的時候就開始下著。

並不大，因此不只有單純的雨聲，可以聽見雨水滴落在不同物品時的不同聲音，叮咚、噹咚、滴答或嘩啦，偶爾雨勢突然加大，整座城市的聲音都會被掩蓋過去。明明是白天卻像是深夜，令人感到很安心。

我們睡到中午過後才慵懶地離開臥室，將昨晚剩下的青椒肉絲微波加熱，簡單填飽肚子，各自待在客廳消磨時間。我翻閱著桌上看不懂的日文小說，嘗試從漢字猜出劇情內容；小米抱著粉紅色的鯨魚布偶坐在陽臺前面，一如往常地看著籠罩在雨勢當中的灰濛濛街景。

時間緩緩流逝。

學長的公司基本上周休二日，不過偶爾有外國客戶前來洽談生意就得加班。如果正好是日本客戶，稍微會簡單日文的學長就是固定名單，而且下班後還得陪著參加酒會應酬，推都推不掉。

這樣的加班日，學長總會深夜才回家。

下午，我開始打掃房間。

學長覺得打掃就像在學校那樣拿著掃把、拖把走來走去即可，也提議過要買掃地機器人，不過我認為只有用小掃把和抹布，近距離用力擦拭才會乾淨。每次打掃完都會累得全身痠痛。

跪在地板緩慢且用力地擦拭地板，依序打掃完臥室、客廳與廚房，重新擺好電視櫃旁邊的裝飾品，更換了快要用完的廚房紙巾，洗了瓦斯爐架和爐面，將散在各處的旅遊雜誌收到電視櫃下方的抽屜，更換了砂子，將陽臺的蔬菜盆栽移到比較不會淋到雨的位置，接著才進去浴室，刷洗地板的同時順便洗了澡。

晚餐原本想要叫外送，不過小米看起來沒有什麼胃口，只好再度用冰箱裡面的食材湊合，弄出一盤炒飯，簡單解決。

雨在不知不覺間停了。

夜幕低垂，氣溫變得更冷了。

我和小米坐在沙發，沒有開電視也沒有聽音樂，靜靜等待。

一直到接近深夜，我接到學長的電話，說是忘記帶錢包也不好向同事借錢，拜託我立刻送過去。

我疑惑著下午打掃時並沒有看到錢包的印象，在每個房間繞了幾圈，才在鞋櫃上面發現深紅色錢包。那是學長畢業的時候，我和小米合送的禮物。

匆匆到臥房換了比較體面的外出服裝，我探頭問：「小米，我幫學長送錢包過去，要來嗎？」

「嗯嗯。」

這次很清楚是「不要」的意思。

「那麼等會兒不要在那邊發脾氣說我們排擠妳，確定不要去喔？」

「快點去啦，學長現在應該緊張到開始胃痛了。」小米不悅地催促。

我摸了摸她的頭，順手帶了一把塑膠雨傘，離開公寓。

街道的柏油路面積著許多水窪，在商家不多的街道很難分辨。當我搭上公車的時候，運動鞋和牛仔褲褲管都溼了，不禁有些後悔沒有穿拖鞋。

依照學長發來的地址，我在最靠近的站牌下車，按照導航的指示前進。

這附近是居酒屋、餐酒館林立的鬧區，明明都依照導航卻不知為何迷路了將近十分鐘。好不容易找到位於巷弄深處的居酒屋，單手抓著酒葫蘆的狸貓雕像立在門口，脖子掛著一塊寫著「本日大特價！」的木牌。

記得學長說過，那是叫做信樂燒的日本傳統工藝品。

居酒屋幾乎客滿，高聲喧鬧的聲響似乎伴隨著熱氣傳到街道。我站在門口探頭望去。裡面幾乎都是身穿西裝的上班族，在順利認出學長背影之前，我看見他搶先轉頭，慌慌張張地跑出來。

學長襯衫最上面的兩顆釦子都解開了。酒和煙的味道迎面撲來。

「太感謝了。早上出門時只有帶到手機，剛剛發現的時候可是胃痛到想要直接跑回家了。」

「不客氣。」我暗忖應酬看起來還要好些時間才會結束，遞出錢包就準備離開。兩名同樣身穿西裝的男子卻是追著學長來到店門口，興趣盎然地圍上來。

「喔喔，弟弟嗎？還是社團的學弟？」

「大概是中間值吧。」

「那算什麼啊！」

學長的回答令兩位男子放聲大笑，隨後話題飛快延伸，不知不覺間就變成要順便請我一起吃消夜的發展了。

我連婉拒的機會都沒有，被推入人聲鼎沸的店內。

暗自慶幸小米沒有一起來，否則回去後想必又有不少裝飾品會碎掉了。

根據聽到的聊天內容，日本人客戶已經在上一攤和上司離開了，在場都是年齡相近的員工，氣氛也相當輕鬆。

同事們對於我的興趣僅僅維持了最初的一小陣子，幾個問題被學長技巧性地敷衍掉就繼續在各自的話題，喝酒聊天。我坐在學長旁邊，默默吃著面前那盤下酒菜的毛豆。

等到緊張感逐漸消退，我不禁凝視著平時沒機會見到的另外一面。

高中時候的記憶為之湧現心頭，無論待在籃球校隊或現在，學長都巧妙掌握現場氣氛，輪流將話題拋給最適合的人，不著痕跡地追加餐點與啤酒，甚至有辦法抽空跟我講上幾句話，令人訝異地懷疑，為什麼他可以同時兼顧這麼多事情。

簡直和待在公寓的他是截然不同的兩個人。

不過我知道待在公寓的那個學長、我所相處最久的那個學長，才是展現出真實內心與情緒的真正的他。這件事情令我感到很安心，也浮現小小的優越感。

我們在居酒屋待了將近兩個小時。

其後，學長辭退第三攤的邀約，拿著送我回家為理由，搶先付帳離開。

即使沒有主動喝酒，每當同事舉杯的時候，學長也會笑著奉陪。我數了一下，他坐下之後已經喝了三杯啤酒和一杯名字聽不懂的調酒，遠遠超過平時在公寓小酌的分量。

快步穿過依舊熙攘的鬧區巷弄，直到看不到那間居酒屋的距離，學長彷彿切換開關似地垮下肩膀，重重嘆了一口氣。

「哎呀，應酬真是折磨，這種事情每天來的話可受不了……」

「辛苦了。」

「不好意思了，你應該想要早點回去吧？」

「其實待得挺開心的。」我拿出手機確認時間，已經接近午夜了，「現在沒公車了，要用走的回去嗎？」

「我已經沒有吐槽的心力了，麻煩請不要裝傻。」學長伸手壓著僵硬的頸子，疲倦地說：「當然是搭計程車，現在只想要快點回家。明天是星期天真是太好了，好想念我的床啊。」

在說出「回家」兩個字的瞬間，學長的倦意似乎有些許減輕。他露出看慣的淺淺笑容，單手攬住我的肩膀，大步走到馬路旁邊伸手招計程車。

注意到學長走路有些搖晃，我趕忙伸手攙扶。

「──你知道嗎？我們會說招一臺計程車，不過在日本，他們是用『撿』這個動作喔。撿一臺計程車，不覺得很有趣嗎？」

或許是醉意上湧，學長突然變得很饒舌，上車後就大聲談論著各種雜學。

光聽內容其實挺有趣的，話題卻是相當跳躍，一下子從日本的動詞變成日本文豪的作品，好些時候又變成自言自語的嘟囔。我有一搭沒一搭地應和。計程車司機偶爾也會笑著加入話題。

「乾脆我畢業後也進這家公司吧。」在等紅燈的時候，我這麼提議。

「這可不行，萬一倒閉了，我們倆豈不是會同時失業。」

「這算是被害妄想了……也只是說說而已，我的外文能力不行。」

「別妄自菲薄，你可是很厲害的！只要努力就可以進來！明年加油！」

「結果到底想不想我進同家公司啦。」

「等到畢業了，我們再來這裡慶祝吧……就你我兩個人！」

學長再度攬住我的肩膀，興致高昂地說。距離近到臉頰幾乎互相磨蹭。

「恕我拒絕，如果事情敗露的話，客廳肯定又要遭殃了。今天也是，小米以為我是來送錢包的，一旦發現我們吃串烤沒有找她，肯定會鬧彆扭。」

「……說得也是。小米鬧彆扭就不好了。」

學長勾起右邊嘴角露出一個歪斜的苦笑，緊接著像是突然壓抑不住睡意似地往車門傾倒，很快就發出淺淺鼾聲。

我苦笑著將學長拉回來，讓他枕著我的肩膀。

待在那種充滿酒氣的場所，說不定連我也有點醉了。

霓虹招牌與都市大樓的燈光照出迷濛街景。地方電臺的ＤＪ用低沉嗓音介紹最近受到注目的新興樂團。落地窗、招牌和交通號誌的光線被拉得細細長長，伴隨著引擎聲，眨眼間就被拋諸車後。

隔日，久違宿醉的學長相當難受地躺在沙發，橫舉著手臂摀住眼睛，不時從喉嚨深處發出不明所以的自言自語。

我慶幸著今天是星期天，不用蹺課就可以待在家裡。

小米一直待在學長身旁，偶爾見到他好一陣子沒有動靜的時候就伸出手推了推，聽見嘟囔才稍微安心地停手。

「不要吵學長休息啦。」

我苦笑，坐在地板整理著旅遊雜誌。

這是我們在認識之後的共同興趣，翻閱世界著名景點的旅遊雜誌，看著充滿異國風情的照片，一起討論畢業之後的旅行計畫，高中的學生證一次可以借八本書，基本上也是足夠看好幾週了，尤其學長開始上班之後只要經過書店就會買幾本回來，電視櫃下方的抽屜幾乎是爆滿狀態。

今天依舊下著雨。

滴滴答答的。陽臺的盆栽似乎撐不過這個週末。

「——要扔掉嗎？」

我聽見沙發傳來被往下壓的傾軋聲響，轉頭看著學長緩緩撐起身體，露出難受的神情。

「好點了？」我詢問。

學長用著身體不會察覺到的速度緩緩點頭，垂在額頭的髮絲左右晃動。

「……大概。胸口還是不太舒服，不過比剛才好多了。」

「我去倒杯水吧。還是要去便利商店買些解酒的東西？好像有種叫做解酒劑的飲料對吧？」

「要扔掉嗎？」學長再度詢問。

「一直增加也不是辦法吧。」

學長沒有立刻接續話題，彎腰拿起腳邊一本西班牙文的雜誌。

封面是貼滿白、黑、黃三色瓷磚的海港都市，照片鮮明絢爛。海鷗在清澈如水的晴空中翱翔，連同交錯懸吊在建築物外牆的鮮豔彩帶，營造出悠哉慵懶的氣氛。

「如果去完那個國家就扔掉還說得過去，我們卻都還沒有去過呢。到時候重買一本豈不浪費嗎？」學長再度開口。

但是別說出國旅行，我們連附近的動物園都沒有去過呢。

我注意到學長的表情有些落寞，沒有將這句反駁說出口，走到廚房拿了瓶礦泉水，旋開瓶蓋向前遞出。

「那麼就再買個櫃子吧。」

「要買也是買書架吧，平面陳列才好看啊。」

學長勾起嘴角，心情明顯因此好轉。

要不是現在依然宿醉頭痛，說不定已經準備去騎車了。

畢竟學長的行動力非比尋常，才會在高中畢業後不顧父母反對，放棄升學開始就業，並且一肩扛起家中的經濟重擔，只為了延續我們這份扭曲的關係。

沒有由來的，我忽然想起馬尾小妹。

對於學長而言，「延續這份關係」或許就是他的夢想。

那麼……會不會有一天，學長和馬尾小妹一樣對於夢想產生懷疑、感到厭煩，甚至產生放棄的念頭呢？想法掠過腦海的時候，我被摸不著邊際的恐懼感侵襲，用力抓緊旁邊的沙發扶手，以免跌落至無底深淵。

「怎麼？難道你只聞酒味就醉了？」

學長露出一個寵溺的微笑。

「或許吧。」

我苦笑以對。

「有一整年都在下雨的國家嗎？」小米撲到我懷中，這麼詢問。

正好打斷了思緒。

我揉著她的頭，開始收拾散滿地板的雜誌，將之連同那些毫無根據的憂慮一股腦地塞入電視櫃下方的抽屜。砰地用力關緊。

或許是設計失誤，校舍後方與栽種著整排鳳凰木的外牆之間，有一道可供單人通行的狹窄縫隙，泥土地總是積滿落葉。位置隱密，甚至沒有被劃分成掃地區域，平時幾乎不會有學生過來。

話雖如此，沿著外牆與鳳凰木走過一段路，就會抵達鋪設著水泥的寬敞空間。

那裡是我和學長初次遇到小米的場所，也是我們後來的祕密基地。

當學長練球的時候，我和小米總會待在祕密基地靜靜等待，感受著從校舍縫隙吹落的微風，以及和煦灑落的陽光，彼此依偎。我們什麼都不做，連交談也沒有，就只是靜靜等待。

學長每次都是跑著過來的。

即使我們總是說慢慢來沒關係，他依然堅持跑著過來。將制服的袖子捲到手腕，單手抓著書包和外套，氣喘吁吁地跑到祕密基地，露出燦爛笑容說著「不好意思久等了」。

接著，我們共享著日落之前的那段時間。

小米喜歡直接躺在水泥地面，枕著我或學長的書包，在晒得到太陽的位置發呆或睡覺。

學長總是倚牆而坐，單手捧著一本書閱讀。或許是只會在國文課本當中看到的經典名著，也或許是超級英雄的漫畫。

我沒有固定的座位，有時候沿著鳳凰木與圍牆的縫隙來回走動，踩著泥土散步，有時候坐在可以看見小米與學長的位置。想要放鬆的時候就和小米一樣都在發呆，偶爾忘記寫作業的時候就將書包和課本墊在下方，振筆疾書。

我們各自做著自己的事情，隨口聊著無關緊要卻會牢記在心的話題。

福利社新推出的餐點不太好吃；最近要上映的英雄電影宣傳片；明天好像會下雨；學長小時候曾經想要養狗，雙親總是敷衍了事，直到現在依然沒有給出許可；小米最近迷上的零食；學長前一陣子在練習賽投出的三分球；上午體育課打排球讓手腕都瘀青了；昨天隔壁寢室的學長太吵了，被教官叫到走廊罵了一頓；小米前幾天又低燒了；運動會快要到了，不曉得今年會不會有大隊接力；音樂教室好像會出現幽靈的傳言；校隊準備訂做新的隊服……

那是寧靜、繾綣、平穩不已的場所。

也是不會被外人打擾，只有我、小米與學長的時光。

「——只有和你們獨處的時候，我才是我。」

學長曾經這麼說。垂著眼簾，刻意迴避視線，假裝成不經意地自言自語。

我和小米卻是聽得相當清楚，相視而笑，對於自己在學長心中占據了一個位置的事情，感到無比喜悅，胸口暖暖的。

等到畢業要一起去看雪的約定，就是在祕密基地某次閒聊定下的。

我們刻意避開關於「將來」的話題，不過如果締結這項約定，似乎也約定了這份關係會持續到將來，因而調查了日本、俄羅斯、北歐諸國甚至是南極的旅費，以及旅遊的相關注意事項，以及搜尋前往雪地遊玩的注意事項，簡直是明天就要直奔機場的氣勢，最後考慮到經濟層面，旅行的目的地是日本北海道。

從那天起，學長開始自學五十音，涉獵的小說範圍也擴展到日本文豪的作品。

一開始是川端康成的《雪國》、梶井基次郎的《檸檬》、太宰治的《斜陽》，接著是夏目漱石的《我是貓》。從那之後，學長著迷地將夏目漱石的每一本作品都看完了。

「——你知道嗎？夏目漱石將『我愛你』翻譯成『今晚月色真美』，表示這樣的委婉說法更能夠準確傳達出日本人的心意。有時候並不是將最直白的心情說出口就行了，需要修飾、琢磨。」

他很少在籃球與英雄影集的話題以外露出如此情緒，我的印象深刻。

當時順著話題詢問那是出自夏目漱石哪一本作品的內文，學長卻是陷入沉默，隔天才在祕密基地低聲表示，那是在夏目漱石擔任英文老師時候的逸事，而且很有可能是後人杜撰。

興致勃勃主動提起的話題卻不是真實的，學長顯得有些失落。

我卻覺得是不是真的都無所謂，因為今後只要看見月亮就會想起這個故事。

聽到我這麼說完，學長才勾起嘴角，釋懷地聊起即將上映的新電影。

高中三年的國文課本沒有節錄任何日本文豪的作品，「夏目漱石」這個名字也只是偶爾會在圖書館或網路看到，對於不喜歡閱讀的我是相當遙遠的存在。以前沒有讀過他的作品，今後大概也不會。

話雖如此，我一直記得這個關於翻譯的逸事。

如同學長曾經講過的其他話題。

我愛你。

今晚的月色真美。

委婉卻明確表達出自身情意的句子。

學長向來不擅長形容也不會說謊。

正是因為如此，他才會對於這樣的表現方式無比感動吧。

小米的個性怕生、害羞且倔強，經常不說出真正的內心話，比起想辦法化成合適的文字，她更傾向於直接使用動作展現出來吧。

那之後，我經常想起這個故事，思考許久，最後認為自己大概會將之翻譯成「想要牽手」吧——

我睜開眼睛，一瞬間不曉得自己身在何處。

身體充滿輕飄飄的懸浮感，彷彿可以感受到溫暖的陽光與淡淡的泥土味道，如同待在祕密基地的時候，然而卻沒有聽見鳳凰木枝葉被風吹拂的颯然聲響，而是淅瀝的雨聲。

我枕著枕頭，意識到這點才想起來自己待在公寓。

夢境般的情緒迅速散去，由充滿現實感的溫度取而代之，包裹住全身。

我伸手想要尋找枕頭，好一會兒卻都摸空，接著才半夢半醒地聽見學長的聲音。

「踢到地板了。你的睡相一直以來都很差呀。」

我抱著學長幫忙撿起來的枕頭，惺忪地瞇起眼。

臥室床上只有我一人。雨依然下著，陰鬱的天空令房間內也相當黯淡。

「為什麼我會在床上？」

「剛剛直接睡在客廳地板，翻身的時候還差點壓到小米，我就把你抱過來了。差不多睡了一個小時吧？」學長倚靠著門框，笑著解釋。

對了，今天是星期日。

腦袋遲來地浮現這點，我又花了些時間才想起來現在是下午。剛剛在摺衣服的時候耐不住昏昏欲睡的空氣，原本打算稍微偷懶，沒想到直接睡過去了。

「謝謝……學長的宿醉好了嗎？」

「沒問題了。」

我用力眨眼，多少清醒了一些。

「我剛剛夢到了祕密基地。」

「……真是懷念。」學長再度露出笑容，停頓片刻才說：「那是對我而言，你還是隨時可以過去看看。」

我搖搖頭。學長已經不在的祕密基地沒有意義，只是單純位於校舍後方的水泥空地，不過我突然不想要開口解釋，只好換了一個話題。

「小米在哪裡？」

「躺在客廳的沙發呢。她的專屬位置。」學長聳聳肩，偏頭示意。

我離開床鋪，踱步進入客廳，隨即看見小米正端正坐在沙發，看著改造住宅的日本節目。她很喜歡那個節目，這種時候不管說什麼都會被無視，如果鬧得太過分還會被踢被咬。

即使我坐到旁邊，小米依然極其專注地繼續盯著電視，沒有半點反應。跟著踏出臥室的學長站在我們後方，單手撐著沙發椅背，不過很快就失去興趣地走開。除了英雄題材，學長對於大部分的電視電影都沒有興趣。

片刻，咖啡機發出磨碎咖啡豆的嗡嗡聲響，在寧靜的午後格外響亮。

「要嗎？」學長問。

我搖了搖頭，接著才意識到他在問要不要喝咖啡。

小米不喝咖啡，話雖如此，每次看到我和學長在喝的時候，都會露出有些寂寞的神情，幸好現在有電視節目轉移注意力，只有鼻尖因為聞到咖啡的香氣稍微動了動。

「這麼說起來，娜娜最近有來過嗎？」

學長單手端著馬克杯，突然這麼問。語氣輕描淡寫。

「……不要提到那女人。」

小米立刻煩躁地踢著腳。

我苦笑著伸手撫平沙發的皺褶，等到小米鬧完了才回答這個問題。

「前一陣子，娜娜學姊有過來一趟。很快就回去了。」

「為了什麼事情？」

「嗯，不曉得耶……大概想要問問學長的近況吧。剛畢業的時候也來過許多次，不是嗎？反倒是最近的頻率顯著降低，也不曉得有了什麼心境轉變。」

「上班很忙吧。」

「不要提到那女人！」小米再度高喊，鬧脾氣似地跑到角落窩著。

「他們好像要舉辦同學會。或者說已經舉辦完了，有不少球隊的人，感覺娜娜應該會提一聲才是。」學長低頭凝視著手機，喃喃自語。

我想起那張被扔在垃圾桶的邀請函，內心湧現奇妙的麻癢感，繼續撫平著已經沒有皺褶的沙發。

「學長原本打算參加嗎？」

「……應該不會吧。同學基本上都選擇升學，現在正過著謳歌青春的大學生活吧，能夠聊的話題不太多，在那種場合提起工作相關的抱怨也是掃興。」

「我們倒是都聽得挺有趣的。」

我偏頭徵詢客觀第三者的意見。

小米懶洋洋地應了一聲，顯然對於這個話題不感興趣。

「你不一樣啦。」

學長放下馬克杯，揉了揉我的頭髮，趁著廣告快步走到鬧彆扭的小米身旁，攔腰抱起，往旁邊摔進堆滿抱枕的沙發。小米發出驚喜的低呼，方才因為娜娜學姊話題的焦躁一掃而空。

這個時候，我突然想起馬尾小妹。

她在追逐夢想的同時也確實帶著某種光彩，令旁人不由自主地注視，湧現欽羨情緒。

高中時期的學長同樣有著那種光彩，如同我第一次見到他時投出的那顆三分球，然而在不知不覺間……或許是將制服換成西裝的時間點起，學長多了一份沉穩與內斂，原本就不太表露在外的真心話藏得更深，即使是我和小米也很難窺見。

「對了，聽說大學生都是這樣打招呼的。」

我舉起右手，像是在捏空氣團子似地不停捏呀捏的。

「那是什麼？」學長笑出聲音來，接著將小米抱在懷中，若有所思地自言自語，「不過如果娜娜也有參加，我倒是會認真考慮。記得她在當空服員，不過前一陣子似乎換其他工作了。」

「學長和娜娜學姊還有保持聯絡嗎？」

我在問出口的時候就後悔了，咬住嘴唇。右手僵硬地垂落身側。

學長沒有立刻回答，好半晌才從口袋取出手機，滑動幾下後反轉過來。

螢幕可以看見熟悉的社群網站，貼文是好幾張在餐酒館的大合照。

說得也是，否則就不用親自上門送邀請函了。

我有些鬆了一口氣，卻不曉得該說些什麼才好，暗自思考為什麼娜娜學姊沒有直接發訊息，而是選擇親自送來邀請函這種毫無效率可言的方法。

好半晌，學長起身走向電視櫃，彎腰挑選著今晚要看的電影。途中再度順手用力揉了一下我的頭髮，像是在道歉，也像是在表示這個話題到此為止。

我瞄向放在角落的垃圾桶，很快就將之拋諸腦後，走進廚房準備晚餐。

小米凝視著我們兩人，打了一個小小的哈欠，在沙發蜷曲起身子，看起來打算在晚餐之前稍微補眠。

五、家人

期末考即將到來。

對此，身為社會人的學長一笑置之，不過他原本就是考試當天都輕鬆看著無關書籍的類型，意見無法做為參考。

因為平常經常蹺課，我在老師之間的評價自然不會太高，如果成績太差難保會真的留級，打壞關於未來的規劃，我放學後認命地待在客廳，趴在壓克力桌面做著永無止境的練習題。為了營造氣氛也為了避免被小米打擾，學長搬了好幾疊教科書，在我的周遭建造出ㄇ字型城牆。

教科書書牆意外有用，有效阻擋我的視線會下意識地瞟向學長和小米。

他們一個坐在旁邊讀著昨天剛買的旅遊雜誌，一個歪頭靠著廚房流理臺，細數著大理石表面的紋路。

我努力將視線定格在眼前的數學公式，努力不去想睡醒大概就會忘記的事實，注意力遲遲無法集中。我果斷更換科目，拿起歷史課本默背年號，嘴中呢喃唸著一六一八年到一六四八年，耳邊卻聽見學長低哼的歌聲，總覺得會在考試的時候，不小心哼出聲音來。

今天學長的心情很好，我卻猜不出原因。

只開了一道小小縫隙的陽臺落地窗，持續有冷風吹入房內，發出咻咻的聲響。

凝視著課本翻起的書角，我忽然理解到自己再過半年就會畢業，邁向人生的嶄新階段。

高中一年級遇到學長的時候還像是不久之前的事情，記憶猶新，現在卻快要畢業了。三年的時間轉瞬即逝。

三年。

我咀嚼著這個數字，心底很難湧現什麼實際的感覺。

占據了人生至今為止六分之一的時間，充實且緊湊，三年前的自己肯定無法想像現在會過著如此幸福的生活，那麼下一個三年後呢？我會在哪裡，過著什麼樣的生活？

——沒有任何東西是永遠不變的。

娜娜學姊冷酷的嗓音突然響在耳畔。

我急忙忍住焦躁，不發出聲音地彎曲腳趾、蹬著地板。

誠如小米所言，娜娜學姊是一個討厭的女人，某些意見也一針見血。

從各種層面來看，學長都值得更好的對象。

無論冰箱剩下多少分量的牛奶或柳橙汁，學長一定會倒入杯子才喝；吃水果也一定會削好再用叉子吃。我不確定這樣是否就是有教養，然而學長在這些瑣碎地方的堅持令我感到佩服。

為什麼學長會選擇我呢？

為什麼會選擇小米呢？

為什麼在我提議開始這段扭曲且不穩定的關係時，學長會乾脆地同意呢？

這些疑惑不時在心底徘徊，揮之不去。

我們碰觸著彼此的內心，有如家人般親密卻未曾將之化成實際的話語傾訴。

我不認為我們之間的關係會脆弱到被這些杞人憂天的疑惑敲毀，於是選擇把它們放到心底深處，塞在溫馨愉快的回憶下方，期待那些憂慮會隨著時間自然融解、消失不見。

我所冀望的未來很單純。在畢業後找份工作，薪水不用很高，只要穩定且正常上下班就足夠了。那麼一來，現在的生活就可以永遠持續下去了吧……

「——手停下來很久了。」

學長發出輕笑，用腳踢了我一下。

「休息也是很重要的呀！」

我大聲發出宣言，往後躺到地板，接著正好看見小米走過來。

「小米！」

我伸出雙手想要擁抱，小米卻只是說了句「礙事」就逕自踩過，走進臥室。

學長笑著凝視我保持著張開雙手的姿勢動也不動，重新推好黑框眼鏡，起身問：「要幫你泡一杯嗎？咖啡豆加倍。」

「……普通的就好了。」

我站起身子，緩緩走到陽臺。冷風頓時帶著寒意滲入皮膚。夜色朦朧，透出灰撲撲的微光。房間位於公寓二樓，沒有辦法看到太過壯麗的夜景，不過在稀疏燈火當中，可以聽見各種聲響從四面八方的位置傳來，就像貼在耳畔說著輕聲絮語，然而一旦側耳細聽卻又聽不清楚內容。

我轉頭望去。

隔著透明的落地窗可以看見學長正在專心沖泡著咖啡。壓克力桌桌面擺放著教科書書牆，不過有些搖搖欲墜。

一陣冷風突然從夜空呼嘯颳落。

我再也忍受不了地摩娑著手臂，回到客廳。

「所以準備得如何？」學長問。

「勉勉強強不會被當的程度吧。」

「太好了，那樣就夠了。」

「換句話說，一個不小心就會留級耶，真的沒問題嗎？」

「放心啦，要在高中留級反而更困難。」

「真的嗎？我可以相信你嗎？」

「我是沒有那種經歷，不太清楚細節啦。」

「搞什麼啊！所以還是要讀書不是嗎！」

我忍不住翻起白眼。

學長從喉嚨深處發出感到愉快的笑聲，雙手端著咖啡回到沙發，誇張地擺手示意。我沒好氣地跟著坐到旁邊，捧起馬克杯。沒有喝，只是感受著熱度。

接下來好一段時間，我們都沒有說話。

我突然注意到許久沒開的吊扇扇葉積了不少灰塵，令邊緣變成不規則的形狀。

「怎麼？天花板有什麼嗎？」

學長挪動身子，將大半身子都靠過來。

「別這樣啦！重死了！」

「這句話千萬不能對女性說喔。」

「所以我才對你說啊，咖啡差點灑出來耶……」

「真是缺乏幽默感。」學長刻意又擠了兩下才退開，若無其事地問：「你畢業之後有什麼計畫嗎？」

我沒有想過會聽見這個問題，巧合到不禁懷疑學長是否有辦法窺探我的內心，不過看著堆滿桌面的參考書與講義就冷靜下來。確實，現在正是合適的時機。

「應該會去找工作吧。」

我一邊緩緩回答一邊打量著學長的反應。不知為何呼吸變得急促。

「沒有考慮讀大學嗎？」學長的態度依舊平靜。

「目前……沒有那樣的打算吧。四年是很久的時間。」

「那個並不是理由。」學長搖著頭，凝視著沒有打開的電視螢幕，說：「你沒有聽懂我想要表達的意思……我沒有讀大學，所以你也不讀嗎？」

這也是其中之一。我正要回答，卻從學長的態度察覺到他不希望聽見肯定的答案，我咬住嘴脣陷入沉默。

學長沒有看漏這點。

「那個選擇又是為了我嗎？為了小米嗎？」

我愣住了，好半晌才意識到好久沒有從學長口中聽見她的名字了。

不曉得從何時開始，學長都刻意省略主詞。現在甚至覺得用那熟悉的嗓音講出熟悉的名字有些陌生。

「不好意思，我似乎也沒有整理好自己想要講的話。」

學長很快就自行開口道歉，困擾地半扯起嘴角。

看起來想要緩和氣氛，但是並不成功。

「我其實沒有立場要求你如何選擇。那是你的人生，只有你可以做決定，因此也希望在決定的時候不要考慮到我……或是小米的事情。這個才是我想要知道的答案。」

怎麼可能？

我對於這種疏離的態度感到厭惡與惱怒，兩種不同的強烈感情在胸口混雜交疊，這個時候才意識到學長碰觸到了我們這段關係一直心照不宣的底線——嘗試將那些沒有形體的事物，用言語界定出意義。

「我沒有指謫的意思。」學長低聲補充。

我並沒有受到指謫的感覺，而且現在的問題並不是這個。

臥室突然傳來「咚」的碰撞聲響，不曉得小米正在做什麼，學長和我卻都沒有反應，繼續坐在沙發。

我嘗試釐清紊亂的思緒，組織出有辦法表達的語句，好幾次要開口卻又噤聲。擔心就算說出口了也無法得到理解；擔心我們的價值觀其實是不會達成交集的平行線。

正因為學長不是外人，這點尤其重要。

學長很有耐心地等待著答案。

那是我沒有見過的一面，他平靜的神情可以感受到強烈壓抑的無奈，看起來像是快要被逼到了極限。

「所以——」

「抱歉，是我不好！」學長突然強硬打斷，道歉完就故作爽朗地朗聲開口：「還有半年的時間，其實不用那麼趕啦！不管要去大學或工作都可以慢慢考慮，總會有辦法的。現在就先想辦法應付期末考吧！」

如同小米每次大吵大鬧，學長和我都會在其他房間等待。我們都不擅長應付強烈的情緒，無論是向他人傾瀉或接受都是。

「……說得也是，如果留級就糟糕了。」我順著話題，暗自鬆了一口氣。

學長大步走到廚房，打開冰箱看了好一會兒才偏頭說：「煮點消夜吧，不過冰箱有點空啊……現在出去買吧！吃火鍋！」

「現在嗎？」

「冬天的深夜嘛。」

「火鍋！」小米耳尖地跑出臥室，高聲歡呼。

「走吧，陪我去買食材和湯包。聽說最近的超市可以買到各種口味的湯包，只要加水和食材煮滾就完成了，真是方便。」

「那個其實很早已前就有了……」

「小米，顧家這個重責大任就交給妳了。」

「嗯嗯！」

學長攬住我的肩膀，半強硬將我拉出公寓。

我們前後走下樓梯，來到公寓後院的機車停車場。學長從較裡面的位置牽出一臺紅黑色外殼的機車，歪頭調整後照鏡的角度。

那是學長的愛車，用著上班薪水買的第一樣貴重物品。買了才發現公司附近的停車位很難找，騎過幾次就改搭乘公車通勤了，不過他依然經常在週末傍晚特地牽出來，用著各種我和小米連名字都喊不出來的保養品細心打理。

「上來吧。」

跨在機車上的學長單腳撐地，扔出安全帽。

模仿籃球隊員接球的姿勢，我雙手攏在胸前接住安全帽，將之戴到頭頂，扣好扣環，抱緊學長的腰。學長很有耐性地等到我坐好後才發動引擎。

機車逐漸加速，眨眼間就變成讓後座乘客擔心被甩下去的速度了。

我將學長的腰摟得更緊。可以感受到與小米軟綿綿腹部不同的結實觸感。

聽著呼嘯而過的風聲，我反覆思索著剛才的對話，有點後悔。

學長幾乎不會說喪氣話。他擁有身為最年長者的尊嚴與責任感，在我和小米面前總是擺出一副兄長的模樣，對任何事情都富有主見和決斷力，面對困境也會用爽朗的笑聲表示「一切都會沒事」。

我們仰賴著這份溫柔，真的相信一切都會沒事。

「那個……真的沒問題吧？」

我問，但是沒有得到回應。

所以也沒有再問下去了。

夜晚的城市帶著某種宛若異國的獨特氛圍，倘若從飛快穿梭車道的機車後座來看更是如此。絢麗燦爛的各式招牌、路燈、交通號誌、公寓大廈窗口透出的日光燈、餐廳流瀉而出帶有熱氣的光線和路人的手機螢幕，無數光點製造出虹色眩目的光幕，讓我的視野搖晃飄蕩、變得模糊縹緲。

眼角開始發痛，所以我將額頭抵在學長的肩胛骨，閉上眼睛。

☾

馬尾小妹最近一直很沒精神。

弄錯了好幾次點單，收餐具的時候不小心撞到客人、找錯錢，關店前對帳連續算了好幾次，都算出不同金額。向來溫和的店長也難得動怒，痛罵的聲音隔著休息室的牆壁也聽得相當清楚。

根據其他同事的聊天內容，原因貌似是被男朋友甩了。

之前口口聲聲地宣稱貝斯就是自己的男友，一旦被甩了就消沉到這種程度，落差有些好笑，不過我轉換立場思考，假如我被小米、被學長甩掉又會是什麼樣的心情？

「——大概會瘋掉吧。」

「咦？大哥你也有瘋掉的經驗嗎？」馬尾小妹驚喜地反問。

「剛才是我的自言自語，請別在意。話說回來『也』是怎麼回事？為什麼妳看起來那麼高興？」

「大家都瘋掉的話就世界和平了。」

「才沒有那回事。」

目前店內只剩下一組客人，是隨處可見的大學生情侶。

最後點餐時間已經結束，由於店長有私事要處理，他吩咐我好好處理就先行離開了。姑且答應下來，然而最多就是在馬尾小妹失誤的時候，一起陪著向客人道歉以及主動攬下收銀。

馬尾小妹依然趴在櫃檯偷懶，卻不同以往會神采奕奕地偷玩手機，而是嘆氣連連。

「運氣會跑掉喔。」

「我才不相信那種說法，況且呼吸也算是嘆氣的一種吧，就算運氣真的會跑掉也不差這幾次啦，唉……」說完之後馬尾小妹又嘆了一口氣。

我瞥了眼結束用餐、起身離開的情侶，低聲喊著「謝謝光臨」，等到自動門關起才上前收拾。將兩人份的杯盤與餐具拿到內場，清洗乾淨後歸位，再度回到外場的時候，卻看見馬尾小妹依然趴在櫃檯，動也不動。

看起來確實病得很嚴重。

我掛上「結束營業」的告示木牌，關掉外面招牌的電燈，開始打掃。見狀，馬尾小妹才拿起酒精瓶和抹布，跟在旁邊幫忙。

「這麼說起來，大哥也和女朋友吵架了吧？」

我一瞬間握緊掃帚，隨之想起前幾天那場爭論……並非爭吵，事態尚未發展到那個程度就停止了。我們沒有爭吵。

所以我冷靜反問：「妳在說什麼？」

「大哥真不擅長說謊呢。不對，應該說不擅長敷衍吧，心思全部寫在臉上了。」馬尾小妹拉了張椅子，整個人攤掛在上面，「事情都無法順心如意啊，真是討厭……」

「妳至少等打掃完下班後再抱怨吧。」

「大哥，你有什麼度過分手情傷的好辦法嗎？」

「不要擅自決定我分手了，也不要擅自擬定我被甩過很多次的前提。我們的感情很好。」

馬尾小妹不悅咂嘴，用力踢著我的小腿。

我沒有搭理，逕自去掃其他區域。

馬尾小妹將抹布揉成一團，抓起來扔到桌面又再度抓起來，反覆了幾次才再度開口：「大哥，如果吵架的時候怎麼辦？」

所以尚未到分手的階段，只是吵架吵得很凶嗎？

我暗自疑惑，隨口說：「道歉吧。」

「就是有不能夠道歉的情況啊！」馬尾小妹突然用力拍桌，深呼吸幾次才嘟囔著「對不起……」，再度陷入沉默。

這個也是謊報年齡的報應吧，站在年長者的立場怎麼看都得出言安撫。

「無論如何還是去道歉吧，否則就結束了。」

「唉……」

馬尾小妹再度嘆息。如果嘆息有實體，今天晚上就已經在地板已經累積淺淺一層、幾乎淹過腳踝了。

「大哥，下班後找家店吃消夜啦。我會聽你抱怨和女朋友吵架的始末，多少認真點給建議啦。」

「……感覺很麻煩，請容許我婉拒。」

「不要講得那麼果斷啦！很令人傷心耶！我希望去電影裡面那種低調奢華、酒保很帥而且又有氣氛的酒吧，如果是會員制就更好了。我們去那種店好好聊聊啦！」

「如果我有辦法出入那種店，妳覺得還會在這裡打工嗎？」

「說得也是，那麼稍微降低門檻好了。希望料理好吃、酒也便宜的店。」

「這門檻降得還真不是一般得多。」

不過對於一介高中生而言，依然有點困難。

拗不過她的我苦思許久依然想不到合適場所，打掃完桌椅區、關妥店門，只好領著她前往上次送錢包給學長的那間居酒屋。

馬尾小妹的情緒異常高亢，看見擺在店門口的狸貓信樂燒就立刻發出大笑，抱著肚子幾乎轉不過氣來，嚇得路過的人們都刻意往外繞開保持距離。好不容易笑夠了，馬尾小妹立刻取出手機，蹲在狸貓像旁邊自拍，後來甚至要求我幫忙拍照。

近百張照片都是差不多的姿勢與構圖，等到馬尾小妹滿意了才進入店內，跟著服務生來到角落的兩人桌。我已經感到精疲力盡，只要快點回家，馬尾小妹卻興致高昂地點了顯然吃不完的餐點。都快要分不清楚究竟是誰比較年輕了。

店裡煙霧繚繞，縈繞著不管什麼真心話都可以說出口的氣氛。

明明剛才說要聽我抱怨，馬尾小妹卻打從坐下之後就滔滔不絕地提起關於男朋友……或者說前男友的事情，數落著各種生活中令人感到煩躁的壞習慣，像是上廁所不沖水、吃魚會剩下一堆碎魚肉、不自備面紙又總是向人借、買衣服的品味很差、抽屜裡塞了小山般的零錢，諸如此類。

語氣不屑，偶爾會夾雜人身攻擊的髒話，卻從中感受到濃烈的戀眷與愛意。

馬尾小妹真的愛著那位連名字都不曉得的前男友啊，以前與現在都依舊。

我忍不住這麼想。

馬尾小妹總共喝了三杯啤酒，也將上來的串烤全部吃完了。臉頰紅通通的，齒縫卡了蔥，但是我講了也沒有去廁所弄掉。

然後我們平分帳單，在店外分別。

馬尾小妹應該會去道歉吧，不過他們大概不會復合。我有這樣的預感。

當天晚上，我發現馬尾小妹的 LINE 頭像換成那張鼓起臉頰的狸貓合照。底下的留言內容是「才不會認輸！」。

「——怎麼了？看著螢幕傻笑？」

小米突然跳上床，咚咚咚地爬過來壓住我的肚子。我故意誇張地「呀！」了一聲，然後馬上被瞪了一眼。

大概是「才沒有那麼重」的意思吧？

我笑著道歉，將手邊的鯨魚布偶拉給小米讓她抱著。

「今天的打工拖到很晚耶，而且還有種燒烤的味道……你偷偷去吃宵夜對吧？還吃燒烤！為什麼不找我？」

「陪同事去聊聊天而已。」

「可惡！」

小米不講理地開始鬧了起來，幸好不是身體不舒服的那種鬧法，抱著安撫片刻很快就平靜下來。

「你知道嗎？貓咪每次懷孕都會產下至少兩胎的小貓。」

「今天在電視看到的？」

「嗯嗯，正好有動物的節目。」

我輕撫著小米，感受著她的體溫。

「為什麼突然提起這個話題？想要兄弟姊妹嗎？」

「嗯嗯。」

我聽不出這個「嗯嗯」是什麼意思，低頭深思，接著鯨魚布偶突然往旁邊滾去，令小米急忙轉了半圈，伸手去抓。

我急忙抱穩小米，接著看見學長倚靠著臥室的門框。

「為什麼沒有出個聲啊？」

「……看你們聊得很熱烈就沒有插話了。」

學長勾起嘴角，坐到床緣。髮尾依然有些溼溼的，帶著洗髮精的香氣。

新聞說過今年最強的一波冷氣團即將到來，回來時候的天空陰沉沉的，沒有看見月亮。如果深夜下場小雨，應該會很好入眠吧。

「——對了，大後天有客人要來。」學長在吃完早餐不久，突然這麼說。

我不禁停下正在洗碗的手，轉動視線。

學長抱著小米坐在沙發，平靜重複：「大後天有客人要來。」

我們不會帶任何人回來公寓，無論同學、朋友或同事，這是默認的規矩。

唯一稱得上「客人」的人只有娜娜學姊，然而她總是不請自來，而且刻意避開學長，不太可能主動邀請。

小米遲遲沒有追究的意思，我只好迅速沖掉雙手泡沫，走到旁邊。

「什麼意思？」

「我爸媽會過來……之前用各種藉口推掉很多次了，這次大概躲不掉。原本也有我回家一趟的方案，不過他們很堅持要來公寓看看，應該會順便吃晚餐，正好省下一餐的餐費也不錯吧？」

變得有些饒舌的學長開始詳細說明前因後果。這是他緊張時的習慣。

「一如往常的就沒有問題了，如果有什麼奇怪的問題會由我負責接話，嗯……大概也不會有什麼奇怪的問題啦，當然如果覺得尷尬，打聲招呼之後就假裝身體不舒服躲回房間也行。」

「不可以說謊。」小米堅定地說。

學長苦笑著摸了摸她的頭，等待我的回答。

學長的父親是知名大醫院的神經外科主任，祖父、曾祖父也是醫師；母親則是獨自創立且經營一個時裝品牌，現在已經每年定期會在歐美舉辦時裝秀。學長身為醫生世家的第四代，也是獨生子，高中以前和雙親三人同住在郊區的獨棟洋房。

關於學長的家庭情況，我只知道這些。

或者說學長只有提過這些。

儘管如此，我也隱約察覺到自從學長放棄升學、決定搬到這棟公寓的小房間後，就和家人處得很不好，偶爾晚上接到雙親的電話也會刻意走到公寓前庭。

「這樣的話，我和小米到外面不是比較簡單嗎？」

「嗯……他們有部分也是想要來看室友，稍微聊個天之類的？就算躲過這一次還有下次。比起提心吊膽地擔心今後的突襲來訪，不如趁這個機會唰唰唰地解決掉。」

理智層面知道沒有什麼，如同學長所言，展現出一如往常的情況就可以了，不過情感層面卻有種奇妙的厭惡感，連想像那個畫面都感到厭惡。

我排列著純屬想像卻大概近乎於事實的假設，替這件突然的來訪理出一個脈絡，接著再度想起前幾天沒有結果的討論。這麼一來，學長當時就不是心血來潮，而是深思熟慮的詢問。

「並不是那麼簡單吧？」

「如果被問到我們的關係，或許會實話實說。」

「不要！」小米立刻喊。

對此，我沒有回答。

我不曉得該如何回答。

這個決定毫無疑問會改變我們的關係，而我並不想要改變。

貼近現實的藉口要多少有多少——「共同生活空間」的生活方式在年輕人當

中並不少見，分攤房租與伙食費，接觸不同的生活圈，很多時候比起獨自賃居還要方便。

公寓是三房一廳，稍微收拾就可以將擺放著各種雜物的儲物間布置成我的臥室，不會穿幫也可以繼續維持這段關係。

但是學長不會說謊。

「考慮一下吧。我先去睡了。」

學長露出苦澀的微笑，起身走向臥房。

這個時候，我遲來地意識到自己的表情應該很難看，卻也來不及補救了。

直到學長雙親來訪當日，我依然沒有理出答案。

找不到可以說服學長的理由，也找不到堅決反對的理由。

儲物間堆滿雜物，而臥室依然擺放著兩張相鄰的單人床。

公寓的其他房間則是清掃到一塵不染的程度，做為某種逃避行為，卻也希望即使一點也好，能夠給學長的雙親留下好印象。某個角度而言，這個就是我的答案了。

那天是一個大好晴天。

耀眼眩目的陽光穿透淡藍色的窗紗，將房內每樣物品都照得閃閃發亮。

我在單人床坐起身子，環顧臥室卻沒有看見學長的身影，只有小米打橫躺在腳側，睡得很熟。脖子左邊的小痣一覽無遺。

我用著不會吵醒她的動作緩緩下床，踏入客廳。

不知為何已經穿好著白襯衫和西裝褲的學長，將兩個陶瓷盤子放到客廳的壓克力桌。好幾塊形狀有些扭曲的鬆餅彼此交疊，盤子邊緣則是放了切好的奇異果薄片、蘋果塊以及好幾堆顏色鮮豔的果醬。

那是學校附近超市的特價品。不甜，不過搭配鬆餅或許剛剛好。

「早安，好久沒有做鬆餅，有點失敗。」

「比我做的好很多了。」

搬到公寓的一年多時間，我的料理技巧逐漸提升，卻依然不會製作甜點。我很不擅長以公克為單位的精密計算，總是依照心情目測分量。

草草用過早餐，我們待在客廳，用各自的方式打發時間。

學長口口聲聲說著「不必太緊張」，然而最緊張的人顯然就是他自己。一下子起身繞著沙發轉圈踱步，一下子又走到廚房，將碗盤全部轉向同一面，單手拿著抹布將已經打掃得很乾淨的牆面都再擦過一次。

我只要稍微有什麼動作，學長就會僵住或猛然挺直脊背，最後只好坐在沙發，翻閱著西班牙文的旅遊雜誌。看不懂內文，不過原本也不打算看，沒有什麼差別。

小米過了好些時間才想起來今天是什麼日子，對於我們的關係可能會發生改變感到心煩意亂，刻意避開陽光，獨自坐在陽臺旁邊的三角形陰影當中生著悶氣。神情嚴峻凝重，就像在進行某種嚴肅的宗教儀式，即使學長和我去搭話也沉默不理。

我們無所事事度過上午和下午，時間感覺異常漫長。學長提議過要播電影來看，卻被小米用一句「好吵」拒絕了。

晚上七點，門鈴才響起。

公寓首次響起的刺耳鈴聲令小米嚇到了，瞪了我們一眼就快步跑進臥室。

「來了！」學長急忙喊，順手掩起臥室房門，打開大門在玄關講了幾句話，才帶著雙親返回客廳。

學長的父親看起來就像是會在連續劇醫院場景出現、很適合白袍的人。此時此刻穿著筆挺西裝，灰白髮一絲不苟地往後梳，法令紋頗深，個性嚴肅剛直。

學長的母親看起來則比原本以為得更加年輕，說是和學長有段年紀差距的姊姊也不為過。穿著剪裁合身的暗紫色禮服，幾乎沒有說話，面帶客套笑容地打量房間每一個角落。

我急忙起身。

學長自認為有引導現場氣氛的責任，用過度開朗的嗓音開口。

「這位是我的學弟。」

「叔叔、阿姨好。」

學長的雙親似乎誤會我是籃球校隊的學弟，態度和藹地寒暄，接著說已經訂妥了餐廳，接下來到外面吃晚餐吧。

我遲疑地顧慮著小米，但是學長笑著說「那麼就出發吧」，半強硬地同意。我們離開公寓，搭乘計程車來到位於市中心旅館頂樓的餐廳。

餐廳是非常高級的類型，裝潢低調奢華，懸掛在天花板的大型水晶吊燈閃閃發亮，在場所有服務生與客人都身穿正裝。

學長雙親原本就穿著西裝與禮服，學長也是襯衫、西裝褲的打扮，我卻是牛仔褲，只好努力忍住格格不入的尷尬感。

套餐的料理持續端上桌。山豬的肉凍、海鮮塔塔醬與鹹海膽的菜泥、甜蝦溫湯、烤羊小排、黑毛和牛的牛排。服務生用著相當純正的腔調，夾雜著原文的專有名詞流暢介紹。

餐廳播放著輕柔鋼琴音樂，感覺像是會在音樂課聽到的古典樂。

直到坐在位置十多分鐘，我才注意到角落有人在現場演奏。

學長雙親幾乎沒有動到料理，連主菜的肉品都只吃了幾口就擱下刀叉，不過加點了好幾次葡萄酒。加起來或許喝超過一整瓶了。

學長父親相當健談，臺風也很沉穩。用低沉的嗓音主導對話，不時穿插醫院和病人的小趣事，也會詢問學長的工作近況，出乎意料的，他似乎對於學長選擇了這份工作沒有意見，表示只要注意身體健康就行。

學長母親對此有些不以為然，卻也沒有開口插話。

我的心底某處始終保持緊繃狀態，擔心學長雙親會問出那個問題，也擔心學長會如同當初面對娜娜學姊那樣，毫不猶豫地給出回答。

話雖如此，我的擔憂並未成真。

一個多小時的晚餐順利結束。

學長想要付帳，但是被學長父親婉拒了。

我們搭乘電梯前往一樓，回到人潮熙攘的街道。原本他們打算先替我們招一輛計程車，不過被學長拒絕了。

我們並肩站在人行道，看著學長雙親搭乘的那輛計程車消失在視野當中。緊接著，學長突然像是失去了力氣，整個人朝我靠過來。

我急忙伸手攙扶，看著他如釋重負的表情，不禁笑了出來。

「看吧，總會有辦法的。」

學長也笑了。

我們走了好一段路才搭乘公車回到公寓。

原本以為小米會大吵大鬧，不料只是縮在臥房角落，看起來似乎睡著了。

學長立刻占據整張沙發，毫無形象可言地躺著。剛才吃了大概是此生最昂貴的一餐，不過總覺得沒有吃飽的實感，我應學長的要求走到廚房準備消夜。取出冷藏的吐司放到烤箱加熱。

數分鐘後，壓力克桌面擺著咖啡和同時塗滿草莓和花生醬的吐司。

「感謝。」學長將咬了好幾口的吐司舉起來，露出笑容：「要分一口嗎？」

「我還是對於那種果醬的塗法不敢恭維。」

「這樣很好吃啊。」

我搖搖頭走進臥室，坐在床鋪邊緣取出手機，查詢著方才餐廳，訝異得知四人的餐點價格就超過學長兩個月的薪水，而且一杯葡萄酒就超過一份餐點價格。

我嘗試回想學長雙親所點的酒名，不過當然想不起來。

這個時候，小米挪了挪身子，抬起小臉。

「我們回來了。抱歉了，扔著妳一個人在家裡。」

「嗯嗯，沒關係。我討厭他和她，僅次於那個老愛纏著學長的捲髮女。」

前面兩者無須思考，至於最後的捲髮女，我想了想才發覺是在說娜娜學姊。

這麼說起來，娜娜學姊也好一段時間沒有來公寓了。以往明明老愛用各種藉口來公寓觀察我們的生活。觀察。我不禁重新審視這個不假所思浮上心頭、卻相當貼切的詞彙，的確從娜娜學姊的行為舉止判斷，與其說是對學長餘情未了，更加接近想要知道我們在那之後究竟過得如何。

「找學長。」

小米說完就離開臥室。

我跟在後面，與小米分別坐在學長兩側。

「叔叔真有威嚴啊。有種學長十年後就會變成那種氣質的感覺。」我說。

「我可沒到那個年紀。」學長沒好氣地笑罵。

「他們是怎麼樣的人？」我又問。

「……要繼續這個話題嗎？」

「我想知道對於學長而言，他們是個怎麼樣的人。」

學長往後躺在椅背，沉默片刻後開始說起小時候的事情。

以往提起這個話題總會被學長敷衍帶過，我和小米聽得極其認真。

雖然是學長身邊其他人的事情，某種層面也是學長的事情。

我和小米至今為止從未知曉、卻確實存在。那些過往持續累積，讓學長成為了現在坐在身邊的學長。一想到此，不禁感到些許的嫉妒，但是我又可以去嫉妒誰呢？那些連名字都不曉得的同學嗎？還是從未見過的前女友呢？

未免也太蠢了。我暗自苦笑。

注意到小米逐漸顯露不悅，學長不再提起那麼光鮮亮麗的話題。

由於小時候的成績很好，明明從未親口提過，考上醫學系並且繼承家業在不知不覺間成了理所當然的未來目標；由於比較擅長掌握訣竅，經常主動伸手幫忙其他人，回過神來，那些並非自己的責任變成了義務，沒有辦法拒絕；由於天生的容貌與超過平均的身高，總會成為女孩子的話題主角，還會收到不認識的人的情書。

對於雙親給予的沉重期許、對於周遭擅自認定的理想形象，學長沒有爭辯，而是選擇了平靜接受，努力扮演起他們心目中值得驕傲的兒子、受到信賴的班級幹部以及貼心帥氣的男朋友。

我從旁望著學長的側臉、嘴角與厚實肩膀，專注聆聽。

國中時期，學長曾經感到累了，試圖做出改變，結果卻是鬧出許多風波，因此更加貫徹那個不會傷害到任何人的形象。為了能夠有屬於自己的時間才會參加籃球校隊，等到放學後一個人留在籃球場投籃。

——只有和你們獨處的時候，我才是我。

當時學長說出這句話的神情再度浮現眼前，那是沒有任何虛假的真心話。我不由得捏緊手指。

學長很溫柔。

這是早就知道的事情。

因此對於每場考試都被要求九十分以上、假日也有規定讀書時間、禁止看漫畫、電視只能夠看新聞與教育節目、從來不被允許玩時下流行的遊戲，如此嚴苛的家規也可以用平靜的態度敘述，甚至帶著些許懷念語氣。

我聽得出來學長依然相當敬重雙親。畢竟待在公寓的時候，他也總是保持著從小被要求的良好教養，卻也因為如此，間接表示為了延續這段關係所做出的犧牲。

為了不傷害到其他人，學長情願傷害自己。

內心深處似乎滲出了某種醜惡的情緒，淺淺地、黏稠地堆積在角落。

我幾度想要開口，不過在最後都沒有發出聲音，只是凝視著學長放在枕頭上面的修長手指，靜靜聽著那些過往。

那天晚上，小米說希望可以牽著手睡覺。

學長點點頭，笑著同意。

我們睡成川字型。學長，小米，我，這樣一如往常的排序，牽著彼此的手。

只要睜開眼睛，可以同時看見小米和學長。從掌心和指尖清楚感受到彼此的存在，不知道為什麼，光是這樣就令我覺得很安心，而且無所畏懼。

這是我們首次牽手躺在床鋪。

在同個被窩裡，牽著手，不知不覺間深深入睡……

六、海

時序進入一月。

不久前，我們第一次慶祝完學長的生日。

剛認識那年，我們尚未熟稔到足以共同慶祝這個日子，第二年因為學長放棄升學、前往就業的獨斷行為與雙親鬧得有些不平靜，並非慶祝的氣氛。正因為如此，今年才應該加倍歡鬧，將之前沒有慶祝到的部分一次補足。我是這麼認為的。

學長家原本就沒有吃生日蛋糕的習慣。

小米也是，在生日當天連一句「生日快樂」也不會聽見。

正因為如此，每年都有慶祝生日的我，想要讓他們體驗這個日子的特別之處。

我和小米做著驚喜計畫，蒐集了市內所有甜點、麵包店的商品目錄，從中挑選最為的蛋糕，也找了許多派不上用場的網路建議，最後選了一個很受女性喜歡的草莓慕斯蛋糕。

學長的生日與聖誕節離得很近，相隔不到幾天。我很喜歡那樣的氣氛，有種生活在這座城市的人們，共同朝向一個目標努力的感覺，讓人覺得心神澎湃，公寓每一個房間也都做了彩帶、吊飾等布置，客廳的壓克力桌面也擺了一個小小的聖誕樹盆栽。

下班的學長被我們簇擁著來到關掉燈的客廳，訝異看著桌面的蠟燭與蛋糕，掩飾害羞地垂著眼簾，低聲說著「謝謝」。

吃完蛋糕，我們各自泡了一杯咖啡，移動到陽臺，眺望逐漸變成紫紅色的天空和開始點亮燈火的大樓房間。披在肩膀的大衣內襯有著絨毛，相當暖和。

那晚，學長在睡前久違地提及祕密基地的約定。

在畢業後要前往積雪又深又廣的北海道旅行的那個約定……

機票、交通費和住宿費加起來相當可觀，一次的旅行會花光一整年的積蓄，而且我在內心某處隱約認為只要約定尚未履行，這段關係就會持續下去，因此只是笑了笑。

學長枕著自己的手臂，隨口詢問著我是否有去申請護照了，然而沒有等待答案就繼續規劃著旅行的細節，說得相當興奮，許久之後才不敵睡意，轉身抱著小米沉沉睡去。

那天晚上，似乎作了一個很幸福的夢。

寒假期間，打工的店裡也忙碌了起來。

每天都有數十組事前訂位的預約，即使是用餐高峰時間以外也陸續有客人。店長幾乎隨時都待在內場廚房，並且多招了幾位工讀生，我和馬尾小妹已經不算新人，排在同一班的機會也變少了，即使同時上班，也幾乎沒有空檔聊天。

好不容易等到關店，新人的眼鏡小妹立刻說有事情要先走，讓等會兒要直接去練團的馬尾小妹沒辦法說什麼，只好留下來做關店整理。

我發現自己挺慶幸這樣的結果。

就算偷懶滑手機，馬尾小妹還是比新人容易相處，工作也配合得相較順利。

我一邊打掃一邊思索著搭話的主題，好一會兒才突然意識到馬尾小妹算起來，是我近期生活中第三位經常講話的對象。排序僅次於學長、小米，更之後的則是店長、寒假以來負責帶的新人眼鏡小妹，全部加起來不足二位數，硬要講的話勉強可以再算上超市店員、便利商店店員、外送的小哥與上班前遇到那位問路的外國遊客。

我知道馬尾小妹的本名，也知道手機號碼、通訊軟體的帳號和夢想，實際算起來更是相處超過一年時間了，不過她在內心的分類依然是「熟人」。

高於「同學」與「陌生人」，低於「朋友」。

這樣的情況是因為學長與小米占據了太大的比例嗎？還是自己的人際關係過於狹隘了？

我沒有強行找出答案，無奈提醒：「如果讓店長看到妳那樣玩托盤會被罵喔。」

馬尾小妹站在櫃檯，一手整理著名片盒，一手將托盤當作搥背工具，交互敲著肩膀。

「放心啦，店長剛才跑出去買飲料了。說要犒賞認真工作的員工。」

「什麼時候的事情？」

「大哥去廁所的時候吧。」馬尾小妹豎起大拇指說：「幫你點了伯爵珍珠奶茶喔。全糖去冰，徹底補充糖分。」

「……謝謝。」

我將身子微微往後仰，瞥了眼燈關掉大半的內場廚房。以前的我挺喜歡甜食的，不過自從陪著學長開始喝黑咖啡，喜好逐漸改變。全糖的手搖杯大概喝幾口就得倒掉了。

「她應該做不久吧。」

我聽出馬尾小妹在指剛剛提早離開的眼鏡小妹。文文靜靜的，不管教導什麼事情都沒有反應，很認真地拿出紙筆記錄，不過實際操作總會出現各種小失誤，像是點錯辣度、找錯零錢。

無傷大雅，但是在尖峰時段難免令人感到煩躁。

「原本就只做到寒假結束吧。」

「就怕這幾天內就會提了。」馬尾小妹不太高興地撇嘴說：「那種類型只要跟男朋友抱怨工作的事情，就會被勸說『乾脆辭掉吧』，然後就真的辭了。」

「她有男朋友嗎？」

「這幾次跟她一起上班的時候，都有個男的在關店前來回走過門口，還刻意往裡面看。如果不是男朋友就得考慮報警了。」

馬尾小妹向來很會記住客人的臉，大概就是那樣沒錯了。

我點點頭，感嘆一句「真是青春」。

「說什麼呢！大哥不也和女朋友打得火熱嗎？」馬尾小妹笑嘻嘻地說。

「這麼說起來，妳的那位衣服品味很差的男朋友呢？相處得還好吧？」

我斟酌著要使用「男朋友」還是「前男友」，可惜來不及細想，下意識地挑了前者。

「我和男朋友一直都如膠似漆，從出門到回家都沒有分開過。」

馬尾小妹立刻開始大動作地彈起空氣貝斯。

這麼看來，當初大概複合失敗了。

馬尾小妹過了幾秒也有些自討沒趣，垮著肩膀走回櫃檯，坐在老位子開始滑手機。

越過她的肩膀，我看見眼熟的遊戲畫面，有些訝異。

「那個遊戲不是已經退流行了？」

「大概是吧。雖然等到我開完全部圖鑑也會刪遊戲。」馬尾小妹聳肩說。

我凝視著聚集在電子庭院的好幾隻野貓，突然想起一件事情，開口說：「聽說貓每次都會生至少兩胎的小貓，所以每隻貓都會有兄弟姊妹，絕對不會孤單一隻。」

「以前好像曾經在某個節目看過……大哥喜歡貓嗎？」

「貓派和狗派二選一的話算是貓派啦。」

「我倒是比較喜歡狗狗。」

那這樣為什麼要玩收集貓咪的遊戲？我沒有將這個疑問問出口，意識到自己對於馬尾小妹的興趣也僅止於此。不會主動跨越過於深入隱私的話題。

意識到這點的瞬間，我突然又覺得和註定很快就辭職的新人同班也不壞。

繼續隨口閒聊著、處理完關店的工作，我和馬尾小妹各自提著店長送的飲料，並肩走向最靠近的公車站牌。

「樂團還順利嗎？」我問。

「嗯，馬馬虎虎吧……前一陣子有接受廣播電臺的訪問，門票也賣得比較多，至少大幅減少開演前自己想辦法兜售的情況了。」

「咦？那樣很厲害吧！怎麼沒有先講一聲。」

「我們的目標可是更高的地方，之後就算沒有講，也會讓大哥走在街上就聽到我們的樂團名稱。」

背著長方形貝斯盒的馬尾小妹理所當然地這麼說，眼神毅然堅定，看起來很耀眼。霓虹閃爍的深夜街道其實連她此刻的表情都看不太清楚，不過那依然是我最先浮上心頭的形容詞。

寒假期間，學長公司度過了業務的繁忙期，派遣前往歐洲出差兼旅遊的團隊也回國了。當時沒有被選上的學長幫忙頂了不少班，正好趁機把休假都用完，周休四、五日。

我們過得相當慵懶。

在我和學長都待在公寓的日子經常睡到自然醒，窗簾都拉著的緣故，很容易錯失時間感，分不清白天或黑夜。

小米抱起來很舒服，軟軟的。學長的感想是「有點太瘦了」，然而我覺得保持這樣就好。她很喜歡將自己縮著小小的，窩在其中一個人的懷中，然而為了避免不小心壓痛，我和學長都不喜歡這種睡姿。

有時候醒來的時候會看見學長和小米都在身邊，發出淺淺鼻息；有時候又只剩下自己還躺在床鋪，半夢半醒地聽著從客廳傳來的微弱聲響，猜想著學長和小米正在做的事情。

今天醒來的時候，腦袋昏沉沉的，接著忽然想到娜娜學姊。

這有點奇怪。平時第一個想到的人總是小米，偶爾也會先想到學長，卻從來不曾想到無關緊要的第三者。為什麼會這樣呢？

我伸長手臂，但是沒有摸到碰到小米或學長，只好將枕頭抓過來抱在胸前。

高跟鞋踩踏地板的聲音在腦中揮之不散，喀、喀、喀的，接著我想到總有一天娜娜學姊也會對學長死心，然後和其他不認識的男性相戀、結婚，到外國旅行，進而共度一生吧。

胸口突然湧現很難受的情緒，像是被什麼鯁住似的。

我認識的娜娜學姊，以及我不認識的陌生男人，兩個人會結為連理。奇妙的感覺從腳底竄起，眨眼間蔓延到全身各處，凝視著那個陌生男人的臉孔，在看清楚的瞬間訝然發現是學長，情緒一瞬間全部轉變成焦躁，於是我用力睜開眼睛。

窗簾不知為何拉開了，然而沒有陽光透入，外面的世界夜幕低垂。

我過了好幾秒才意識到自己剛剛又睡著了。

突然覺得很冷，我拉緊棉被，挪著肩膀坐起來。房間沒有看到小米的身影。坐在書桌的學長似乎正在處理公司的事情，面前筆電同時開著信箱和通訊應用軟體，同時用手機確認著相關文件內容，相當迅速地敲打鍵盤給出回覆。

鍵盤的聲響持續了十幾分鐘才停止。學長顯得筋疲力盡，往後躺在椅背。手機從掌心滑落，掉在地板。發出輕輕的「咚」的撞擊聲。

「還好吧。」

沒有得到回答。

「現在幾點了？」

這個問題也沒有得到回答。

我拿起放在床頭櫃的手機，解鎖螢幕。

「——我想要結束了。」

我將目光從手機螢幕移開，看向學長。

「剛才說了什麼？」

「我說，差不多該結束了。」

學長換了一個說法，意思更加強烈。

早已喝完的馬克杯放在桌邊，杯底殘留著深黑色的咖啡渣滓。

「……什麼意思？」

我試圖裝傻，在心底祈禱是自己會錯意，並不是那個意思。儘管如此，在學長說出「結束」這個詞彙的瞬間，最糟糕的預想迅速浮現心頭，不用細想就理解到那些沒有說出口的後續內容。

遲遲無法決定下一步該怎麼做。我將漫畫反壓在床頭櫃，爬下床鋪坐在學長對面。我的表情肯定變得很奇怪，悲傷、氣憤和難以理解互相混雜。

學長依然動也不動，像尊石膏像似的。我凝視學長骨骼分明的手，忽然想起當初那顆壓哨球，與那雙撥水似的修長手臂。

「對不起。」

「不要道歉！」

我的音量比想像中的還要大。

學長終於轉向我。表情很痛苦。

「你在那個時候沒有回答。」

「什麼時候？」

「過去這些年來也沒有去辦護照。」

「為什麼突然提到護照？又要我回答什麼？」

我發現自己一直在反問。這樣的感覺非常討厭，不想要這樣，彷彿打從一開始就錯了，然而但是我真的聽不懂學長究竟想要表達什麼，讀不懂學長此刻的想法。

「這裡是一個很舒適的小世界，安穩且平靜，你覺得可以這樣永遠生活下去，但是……我沒有辦法。快要到極限了，所以……」

學長沒有說完，只是用著顫抖的嘴唇嘆息。

「那是可以用『所以』兩個字簡單帶過的事情嗎！不要開玩笑了！」

我放聲大吼。吼完的瞬間反而被自己的音量給嚇到了。

學長從來沒和我吵過架。每當氣氛弄僵的時候總會有一方率先退讓，如果我賭氣地凝視著他的眼睛，學長總會露出深思的表情，微笑著想辦法提出解決方案。然而這次並沒有。

「對不起。」

學長只是又說了一次道歉。用著疲憊不堪的神情。

「……你是認真的嗎？沒有任何轉圜餘地？」

「我找到房子就會盡快搬走，帶走衣物和一些私人物品，電視、播放器那些家具都會留著，你可以自由處置。」

「不要開玩笑了！」

我一把抓起手邊的旅遊雜誌，用力捏緊後扔向學長。書頁在半空中就攤開，失去準頭地無力撞在牆壁，發出「啪咚」的聲響落到地板。

學長什麼也沒說，只是痛苦皺著眉，低頭凝視被揉得破破爛爛的雜誌。

「……夠了。」

我踏出臥室，狠狠甩門想要離開這個地方卻忽然聽見「嚶！」的細微尖叫。低頭只見小米露出快要哭出來的表情抿緊嘴唇，蹲在門邊。

「不、不要吵架啦。」小米膽怯地說。

即使看見了這一幕學長依然什麼都沒說，面無表情地仰望天花板。

學長每個動作、每句話都恣意撕裂著這份關係，粗暴地將至今為止累積的珍貴事物砸毀殆盡，我卻無能為力。我沒有理會小米，逕自離開公寓，離開學長身邊。

冬天的晚風冰寒刺骨。

澄澈的冬季星空耀眼奪目。灰銀色的月光悄然灑落，將路面照得媲美銀河，然而眨眼過後，眼前景象的色彩陡然滑落，再度變回那個看習慣且晦暗的深夜街道。

路旁有個被踩扁的鐵鋁罐。

我不曉得該去哪裡，低著頭一味向前邁出腳步，似乎這麼做就能夠解決事情。

步伐越來越急促，回過來神，我用著幾乎喘不過氣來的速度大步奔跑。

在微涼的月色之下，在路人詫異的目光中，在通往漆黑彼端的道路大步奔跑。

鞋底傳來柏油堅實的觸感，每踏一步的衝擊都直抵全身。自己有多久不曾這樣奔跑了？國中以來？還是小學以來？不對，總覺得不久前似乎也曾經這麼費力奔跑過，然而細節模糊不清。

當再也喘不過氣，汗流浹背的我踉蹌放緩速度，正好來到公寓附近的小公園。剛搬來的時候，我們經常在這裡消磨傍晚時間，小米很喜歡坐在椅子看著小鳥、蝴蝶，學長則是喜歡看著大象溜滑梯發呆。

深夜的公園空無一人。

我反覆思索著剛才的對話，思緒相當混亂，無法思考下去。

這是我們第一次吵架，即使吵得很凶，學長都說要結束了，只要好好道歉、好好說清楚就會和好，今後或許還會有好多次、好多次的吵架吧。畢竟這是稀鬆平常、再普通不過的事情呀。

我這麼說服自己，不過認識超過三年才第一次吵架就似乎不太普通了。

即使我和小米都累了、都想要放棄了，學長也會露出一如往常的笑容說著「那樣會很寂寞耶」，說出各種理論研究來鼓勵我們。我始終這麼相信，然而學長卻率先放棄了。

真的到此為止了嗎？

這份關係就此結束了嗎？

——我想要珍惜現在的關係，希望永遠不要改變。

——只有和你們獨處的時候，我才是我。

這是我和學長維繫這份關係的理由，現在想來，內容有著微妙的差異，然而究竟差在哪裡，現在的思緒無法順利釐清。

獨自坐在公園長椅的我雙手緊緊交握，用力到會覺得痛的程度，很認真地思索這兩句話，然而搜索枯腸依舊得不到結論。

如同以往，浮現腦海的疑惑都得不出解答。

數十隻蚊蟲圍繞著街燈打轉。喀咚、喀咚、喀咚的，撞著燈罩。

「這樣會感冒的……」

我聽見學長的聲音，抬頭的時候只見學長單手拿著一件西裝外套，站在公園入口。他似乎哭了，不過視野朦朧，也有可能是我哭了。

學長走上前，將之披在我的肩膀。

「對不起，我的用詞有點過於強烈了，剛剛也不是合適時機，總之……先回去吧。」

學長拉住我的手腕，但是我執意坐在長椅。

「如、如果有什麼需要改進的地方，就說出來，我會改的，也會配合的。」

「沒有必要在這裡講。」

「那、那麼……小米又要怎麼辦？」

學長的手指突然捏緊。

「你那麼喜歡她，她也那麼喜歡你，難道要拋下她嗎？」

——難道要拋下我嗎？

學長眼中閃過一絲無法理解的情緒。

小米是我們相遇的契機、彼此之間的接點與吸引對方的磁鐵，為什麼在提到她的時候會露出那樣的神情呢？我不明白。

「走吧。」學長強硬地說。

回程途中，學長緊緊握住我的手腕，拉著我前進。

當我們返回公寓二樓的時候，學長卻突然停在走廊。

深色大門微微敞開。

我快步跑進公寓，跌跌撞撞地穿過沒有開燈的客廳。

「小、小米？」

輕聲呼喚沒有得到回應。

公寓每一個角落都沒有看見小米的身影，最壞的預感襲上喉嚨。

——小米離開了。

搶先在學長之前，搶先在這份關係崩壞之前，離開了這間公寓。離開了這個家。

啪擦一聲。學長打開了電燈。驟然充滿室內的光亮令眼睛感到刺痛。

我不死心地重新找了一次，然而到處都沒有看見小米。我們是吸引著彼此的三塊磁鐵，倘若缺了其中一塊，這份關係就無法保持平衡了。

「……小米偶爾也會自己跑出去，總是很快就會回來了。」

「她從來沒有在晚上獨自出去。」

「不會有事的。」

「你怎麼能夠保證！」

無力的大喊在客廳迴盪。

學長張開嘴想要說些什麼，卻總在最後關頭停止，好幾次都是如此，最後露出宛如內容物瞬間被掏空似的表情，再度牽起我的手。如同一直以來那樣拉著我前進。

「抱歉，我們去找小米吧。」

檢查過公寓前庭與後院的機車棚，穿過熟悉的街道。我們都只穿著單薄的居家服，即使披著外套也很快就冷得牙關打顫，但是學長沒有說要回去換衣服，我也沒有。

不知不覺間，變成我拉著學長走。他的體溫與情緒從掌心滲入皮膚，傳達到內心，在感受到有如楓糖漿流過血管似的愛意同時，也感受到銳痛，疼得必須咬緊牙關。

我們很快就來到學校。

寒假期間的夜晚，校門緊鎖。警衛室也空蕩蕩的。

我們不發一語地翻過校門，穿過前庭，快步走向位於鳳凰木與校舍外牆的狹窄通道，然而祕密基地依然沒有看見小米的身影。

「……你還知道她會去哪裡嗎？」學長沙啞地問。

我搖了搖頭。

學長倚靠著牆壁緩緩坐倒在地，用雙手摀住臉。嘆息從指縫流瀉而出。

矗立在外牆人行道的路燈光線被外牆與鳳凰木遮擋，透入祕密基地的時候變得破碎零，每當有風吹過就會激烈搖晃、閃動。

一隻肥胖的飛蛾不停撞擊燈罩。

喀咚、喀咚、喀咚。

喀咚、喀咚。

喀咚。

「……對不起。」

我沒有詢問學長道歉的理由，只是伸手將他拉起來。比想像中更輕的重量，讓我不禁擔心是不是身體內有某些珍貴之物伴隨著剛才的嘆息一同流逝了。

「走吧。」我說。

「這種時候就算……你要去哪裡？」

「去一個不是這裡的地方。」我平靜地說。

學長沒有回答，卻也沒有反駁。

於是我們牽著手，並肩走在格外寂寥的街道。

始終繃著臉的學長不發一語，而我彷彿要踩碎一切似地加重腳步。

「走吧。」

我再度重複。用比剛才更加堅定、沒有遲疑的語氣這麼重複。

「又能夠去哪裡？」

耳邊彷彿聽見學長這麼問。聲音平靜、理智且苦澀，幾乎被腳步聲掩蓋。

我沒有回答，只是用力握緊那雙骨骼分明的手，朝向晦暗不明的前方繼續邁出腳步。

我是第一次前來這裡，幸好距離海邊已經很近的緣故，不用倚靠手機導航，環顧周遭景色就知道該往哪邊前進。吹過身邊的風帶著微微鹹味。

稀疏的星辰在夜空閃爍。我不時抬頭環顧，想要尋找夏季大三角這個自己唯一知道的星座，找了許久才猛然想起現在是冬季，大概沒辦法看見「夏季」大三角。

待在天文社這麼久的時間卻只認得一個星座，總覺得有些可惜。

我試著開起新話題——天文社位於角落的陰暗社辦、破破爛爛的觀星盤、桌面的塗鴉和勉強記得重點的星座傳說，此外，只有後面幾個靠窗位置可以看見籃球場，每次都要一敲鐘就過去搶位置。學長並不配合，沒有給予任何回應。

講到後來發現自己的聲音嘶啞到彷彿哭出來了，只好同樣沉默地繼續前進。

冬天的大海比想像得更加冷清。

沒有路燈或其他的照明設備，分不清海洋、陸地與天空的交界，放眼望去盡是一片深邃漆黑。遠處的浪潮寂靜無聲，在抵達岸邊激起水花時發出小小聲響，然後捲起砂石後退。

沙、沙、沙的。

學長坐在堤防邊緣，就坐在我的旁邊。

我們的距離很近，但是沒有任何肢體接觸。

當眼睛逐漸習慣漆黑，隱約可以看見遠處分不出是漁船燈光還是星光的微弱光點。海風從中間呼嘯穿過，令我們之間的距離似乎更顯遙遠。

「……挺漂亮的，像是有人拿著燈籠走在海面。」學長突然開口。

「那樣有很漂亮嗎？」

「真是不解風情。」學長微微勾起嘴角，接著問：「謝謝，原來你還記得這個約定。」

「只要是我們的約定，我幾乎都記得。」

「加上幾乎兩個字，讓帥氣程度降低很多喔。」

「我本來就沒有追求所謂帥氣。不如說，我不相信世界上有比學長更帥氣的人。」我停頓片刻，開口詢問：「這個就是理由嗎？因為我沒有努力履行我們的約定？」

對此，學長沒有正面回應。

我從來不覺得和學長之間的沉默會難受，此刻卻拚命想要開口說話，填補無聲的距離。儘管如此，不管說了什麼，學長始終露出縹緲的眼神眺望大海，很顯然沒有在聽。

等到我回過神來，才發現自己也陷入了沉默。

海浪拍打砂岸的頻率逐漸和心跳重疊，沙、沙、沙的。每當淺灰色的浪潮後退，彷彿也將身體內某些東西跟著沙粒一起捲走，帶往深邃無底的漆黑遠方。我瞇起眼睛，想要看清楚潮水與碎沫，然而怎麼用力都只能夠看見模糊的輪廓。

揉著發疼的雙眼，我注意到左邊有一隻骨瘦如柴的流浪狗蹣跚走在沙灘。牠迂迴地走走停停，用鼻子嗅著寶特瓶、塑膠袋和貝殼，好半晌才走到一截枯木旁邊，無聲躺下的瞬間就與環境融為一體。

這個時候，視野角落有個一閃而逝的光芒。那是流星嗎？我轉頭想要告訴學長，卻有一陣突如其來的強風吹得我不得不閉眼。

學長的身影在眨眼間消失了。

緊接著，再度眼過後，我忽然發現他哭了。

挺直脊背、抿起嘴脣、彷彿在強忍什麼似地靜靜流淚。

淚珠滑落稜角分明的臉龐，那瞬間讓我覺得好美。

屏氣凝神地伸出右手，我小心翼翼地用指節揩去冰冷的淚水，然而淚水在碰觸到手指之前就滑落了。

他側臉看著我，面無表情，耳中卻可以聽見大聲哭喊的聲音。

下個瞬間，我才意識到那些哭喊聲響來自自己口中，第一次意識到原來人類可以發出如此傷心、撕心裂肺的聲音。

如果小米在場，肯定能夠簡單平復這份心情吧，無論是學長或我，都可以得到安慰吧，然而小米並不在這裡，小米已經離開了，因此我只能夠在內心祈求別哭了、別哭了、別哭了……

許久之後，我們才再度站起身子。

夜深了，但是我完全沒有思考過「回去公寓」這個選項。

小米不在的公寓已經失去回去的理由，儘管如此，我們並沒有其他地方可去。疲倦的身心都在渴求著一個有辦法放鬆的場所，好好地睡一覺，好好地吃飯，好好地休息，之後才能夠勉強打起精神思考下來該怎麼辦。

網咖、飯店或商業旅館都不是好選擇。

我們在最靠近的車站旁便利商店買了兩個便當和一瓶茶飲。值班的店員大哥毫不掩飾打量的懷疑目光，被學長狠狠瞪了一眼才故作沒事地轉開視線。提著網狀的便當袋子，我們到櫃檯買了兩張票，並肩坐在油漆斑駁的長椅等待發車時間的到來。

末班車只有我和學長兩位乘客。

車體每次轉彎都會發出「咿呀」的傾軋聲響。學長和我的肩膀不時相碰。

「來吃便當吧。」

我這麼提議，從塑膠袋內取出便當和餐具，沒有等待回覆就吃了起來。

學長也拿了一個便當，有些笨拙地拆掉塑膠封膜，默默開動。

雖然微波過了，不過卻總覺得飯粒中間依然相當冰冷，吃起來乾巴巴的。不多時，塑膠叉子末端就變得相當油膩。

打從離開堤防之後，我們始終牽著的手都不曾放開。

現在依然是如此。

經過一個多小時的車程，我們抵達了我的老家。

理當在外縣市讀書的兒子三更半夜突然帶著分租宿舍的學長回來，也難怪老爸老媽會瞪大了眼僵在原地。話雖如此，他們還是很快就展現出過度旺盛的熱情，即使說過我們已經吃過晚飯了，依然故我地擅自開啟瓦斯爐，短時間內就煮出好幾道料理。

學長露出很神奇的表情，捧場而不疾不徐地將菜餚一掃而空。如此旺盛的食慾令我感到訝異。老媽和老爸見狀，更是不停催促他多吃點，同時對我投以「你就沒這些胃口才會那麼瘦」的眼神。

多虧這段小插曲，雙親完全沒有過問為什麼我們會在這種時候回家。

吃完過度豐盛的消夜，輪流洗完熱水澡，為了躲避母親的連番質問與父親的喝酒邀約，我們躲回位於二樓的房間避難。

我環顧熟悉的房內，卻懷念起公寓的沙發、床鋪與氛圍。沉默依然讓我感到坐立不安，急忙從抽屜當中翻找出國中時候熱中的樂團光碟。不多時，播放器傳出在房內迴盪的歌聲。

「你從來沒有說過自己喜歡這個樂團、這首歌呢。」學長坐在書桌旁的扶手椅，輕聲說，「介意嗎？」

學長指了指書架底層的畢業紀念冊。我聳聳肩表示表示沒有問題。問完班級，學長相當專注地凝視著充滿稚氣的照片，團體照的時候更是看了許久都沒有翻頁。

我看著待在房間的學長，即使如此，腦海無法遏止地湧現公寓的種種細節，並排放在馬克杯內的兩支牙刷、鏡子角落的水垢和藍色的洗面乳。或許是剛洗完澡的緣故，都是關於浴室的畫面。

看完畢業紀念冊，學長在歸位的時候注意到藏在角落的圓形鐵盒。蓋子印著頗有年代感的歐美鄉村風景畫。

「這是什麼？」

「我的寶物盒。」

我一邊回答一邊打開蓋子。凝聚成團的灰塵是沙沙的觸感。

學長的寶物盒裡面放著情書、初戀女孩的合照、畢業典禮的胸花、父親第一支贈送的手錶、兒時當成珠寶的紫金色彈珠，以及首次到海邊時撿到的鵝卵石，相較之下，我的寶物盒就顯得寒酸無趣。

國小同學送的生日卡片、玻璃手鍊、不曉得怎麼來的外國錢幣以及曾經流行過的陀螺、卡片和超人模型。與其說是寶物盒，不如說是玩具的收藏盒。

學長用拇指和食指捏起外國的紀念幣，越過六角形的稜角看著我。

「沒有情書嗎？」

「不可能有人會送情書給我啦。」

「才沒有那回事。」學長很認真地否定。我忽然覺得很想哭，只好用力咬牙忍住。

學長輪流拿起寶物盒的每個物品，認真觀賞，用掌心掂著重量，彷彿想要徹底記住。等到他將每項物品都看過一次才肅穆凝重地將盒子蓋妥，走到我旁邊坐下。

床墊微微下沉。

學長輕輕靠著我的肩膀，令我不由得挺直腰桿。

「你的父母……都是好人呢。」

「嗯嗯。」

「家裡的氣氛很棒，和我家完全不一樣。有點令人羨慕。」

「嗯嗯。」

「沒想到還被招待了料理，阿姨的手藝真的很好。今天首次知道原來電影演的那些場景真的存在。」

學長的嗓音很輕、很淡，卻宛如滲入傷口的鹽水疼到內心深處。

「嗯嗯。」

由於不曉得該回答什麼才好，我只好繼續用一如往常的方式回應。

「既然如此，為什麼你要逃離這個家呢？」

學長的聲音從頸子繞過鎖骨、胸口，最後落在心臟表面逐漸融解。

好不容易有了可以回答的問題，我思考了好一會兒才開口：「如果沒有在高中遇到學長和小米，我在畢業後就會回來，這樣應該不算逃離吧？勉強算是……離家出走三年。」

「三年可是很久的時間。」學長平靜地說：「如果沒有遇見我們，你也會逃到那棟公寓以外的其他地方吧。」

「不會的。」

「只是因為最先遇到了我和小米，你才會待在我們身旁。如果遇到了其他人，這份關係將不復存在。」

「不會的。」我再度重複。

學長苦笑著搖搖頭，顯然沒有被說服。

「這些假設的未來有什麼意義嗎？」

我努力不要讓語氣過於強烈，但是不太成功。

「你從這個家逃到了學校，從教室逃到了祕密基地，又從祕密基地逃到了公寓，等到畢業之後，你又會逃去哪裡呢？」

「我會一直待在公寓。」

「永遠待在那棟公寓嗎？明明你也知道那是不可能的事情。」

這句話聽起來很刺耳。

我一瞬間想要反駁、想要爭辯，在最後關頭才意識到那並非重點。

想見的時候立刻就可以見面，想說話的時候馬上就可以聽見對方的聲音，明明追求的未來不過是這麼簡單的心願，為什麼如此難以達成？我不明白。

「我想要珍惜現在的關係，希望永遠不要改變。」

「……真是傻呢。」

學長疲倦地嘆息，將全身重量都交付給我。堅硬的髮尾輕輕搔著頸側，有點癢。

交握的手指可以感受到彼此的體溫。

從掌心緩緩滲入體內，隨著心跳與脈動，彷彿楓糖漿流過血管似地湧現出無比眷戀……以及不捨、後悔。

我們從未談論關於未來的話題。

即使朝夕相處，認定彼此是世界上最瞭解自己的人，也不可能知道未曾說出口的內心真意。

我小心翼翼地握緊手指。以往的學長總會溫柔回握，然而這次並沒有。

「這件事情真的沒有轉圜餘地嗎？」

學長鬆開了手，仰起臉孔，對著天花板輕聲嘆息。我已經很久沒有看見學長做出這個動作了。

「小時候我覺得未來早就已經固定好了，無論做什麼都不會改變……掙扎或怒吼也只是白費力氣，永遠無法阻止爭吵，也無法得到其他人的理解。儘管知道世界上還有很多比我更不幸的人、比我過得更艱辛的人，還是不禁感到怨恨……怨恨著不能夠改變的未來以及不能夠自己選擇的人生。」

「嗯嗯。」

「儘管如此，我依然是很幸運的人……現在的我能夠肯定地這麼說，因為我遇見了你。」

學長的聲音清澈而平靜，就像在述說某項堅定不移的真理。

我不由得握緊手指。

「吶，你覺得世界上最可怕的事情是什麼？」話鋒猛然一轉，學長沒由來地這麼詢問。

我從未想過這個問題，我陷入沉默。

微薄的月光斜斜照入房間，拉出一道銀色的分界線。

學長這次沒有等待我的回答，繼續說：「我認為是『忘記』。比起責罵或冷眼看待更加可怕，我害怕自己會逐漸遺忘這份此生最為幸福的時光，我害怕著你會逃離到其他的地方……」

「我不可能那麼做。」

學長露出一個苦澀的表情，像是在說「未來的事情誰也說不準」。

「所以就要結束這段關係嗎？這樣說不通啊。」

「我太過依賴你了。」

我突然又不曉得學長在說些什麼了。

依賴的人一直以來都是我才對。

這三年來，總是依賴著學長的溫柔。

「我不能成為你逃離的其中一個場所，這樣是不行的。這段關係打從一開始就偏了……不是錯的，卻偏離了，我們都沒有能力改變現況，只好持續假裝什麼事情都沒有發生，無視那些逐漸堆積在未來的困難。」學長突然挺直脊背，抬頭仰望著天花板，「不久前，我家爸媽過來公寓的時候，我也在最後關頭退縮了，沒有坦白這份關係。我不敢坦白我們的關係，所以這樣是不行的。」

我不想，但是卻逐漸聽得懂學長想要傳達的意思。

胸口心臟彷彿被用力緊揪，疼得呼吸困難。

「這三年來我過得很幸福、很滿足，然而有如夢境般的關係差不多要結束了……我會辭掉工作，因此，這段關係也會結束。」

學長的聲音很輕、很淡，如同時常環繞在身邊的柔和氣氛。

但是相當堅決。

我知道學長根本不喜歡現在這份工作，業務繁瑣且經常需要應酬，然而那是高中學歷所能夠找到最好的工作了。為了得到穩定的薪水，為了我們的關係才做出的選擇。

學長所擁有的世界應該更加寬闊。

為此，我沒有任何理由反對。

「那麼這次換成我來負責這件事情吧。」我立刻說：「維繫這份關係就是我的夢想，沒有注意到你快要無法負荷也是我的錯，等到明年畢業，我會去找工作的，負擔起房租和生活費。學長可以自由去做想做的事情。」

沒錯，這麼做就能夠繼續維持原本的關係了。

我們可以繼續窩在城市角落的小小公寓，過著幾乎與世隔絕、病態、扭曲卻幸福美滿的生活……

「這個就是我不希望你做出的選擇啊。」學長露出苦笑。

這個瞬間，我終於理解了。

學長很溫柔。

溫柔到為了不傷害到其他人，情願傷害自己。

所以才會沒有向雙親坦白這份關係，所以才會不希望讓我在畢業後負擔起經濟重擔……即使我總是依賴著這份溫柔、在不知不覺間成為了過去那些，讓學長必須露出虛假形象應付的其中一人，他也依然如此。

「……對不起。」我怔然道歉。

學長再度露出苦笑。

胸口很痛，視線模糊。呼吸急促到幾乎聽不到其他聲響。

我有很多事情需要向學長道歉，也有很多事情想要聽學長說出真心話，然而內心某處知道那麼做沒有意義。

所以我忍著淚水開口：「我都會留在公寓……」一直留到永遠。」

刻意重複的最後兩個字比想像中更難說出口。

學長痛苦地皺眉，沒有轉開視線，筆直凝視著我。

「這一次，我不會逃離，無論經過多久的時間都會留在公寓維繫著這段關係，所以沒關係的。你可以辭掉工作，也可以去做想做的事情，等、等到覺得可以讓自己是自己的時候，可以像待在祕密基地的時候，就回來吧。」

我努力保持語氣的平靜，像是在說著一件可以輕輕帶過的小事。

「我會一直待在公寓等你。」

學長似乎想要說什麼，然而微微顫抖的嘴唇最後卻是說出「睡覺吧」。

他翻身躺在床鋪，用棉被緊緊包裹住自己。

「……嗯嗯，時間也很晚了。」

我跟著躺下。

比起沒有得到承諾，我反而因為沒有被拒絕而鬆了一口氣。

這樣就好。

我會守住約定，一直等著學長。

從小睡習慣的床鋪帶著熟悉的味道，很快就令我昏昏欲睡。在意識遠離之前，我望著學長的寬厚背影下定決心，無論發生什麼事情都要守住那個累積了無數美好回憶的場所……守住那個讓學長可以笑著說出「我才是我」的場所。

那天之後，學長辭去了工作，同時進行著搬出公寓的準備。學長開始經常陷入沉思，一坐就是好幾個小時，即使我出聲呼喊也不會有反應，只是待在公寓各個角落，彷彿要將眼前與過往回憶都深深烙入腦海似地沉默不語。

搬家以外的時間，我們都在尋找小米。

但是這座城市的每個角落都沒有看到她的身影。

冰箱依然備著牛奶，電視櫃放著最近剛推出的美國英雄電影，衣櫃的白襯衫和西裝褲總是燙得筆直，摺痕清晰可見。一切都和以往相同。

在眨眼過後，畢業典禮倏然來臨。

高中的畢業典禮比想像中來得冷淡。由於在大考之後才舉辦，因此採取自由參加的形式，有不少學生在教室領完畢業證書後隨即回家，沒有到禮堂參加畢業典禮。

去年，我守在禮堂外的迴廊，倚靠著半人高的矮牆，等到學長走出禮堂時，衝上前送給他一束捧花。學長訝異驚喜的神情依然歷歷在目。

今年，我也沒有到禮堂參加畢業典禮。在班級領完香檳金色的畢業證書書夾，我和學長在福利社前面會合，混在三五成群的學生之間前往禮堂。

凝視著兩棟校舍之間的狹窄藍天，我有感而發：「今天是個很適合畢業的晴朗日子呀。」

「不會覺很熱嗎？」學長笑著說：「不過這是最後一次看到你穿制服的樣子，總覺得有些感慨。」

「啊，真的耶。」我也意識到這點。

祕密基地旁邊的鳳凰木綻放盛開。花瓣發出颯颯聲響，在耀眼陽光下顯得更加殷紅。

我彎腰撿起一片花瓣，捏住較窄的末端放到眼前，接著忽然想起學長說過，日本有著櫻花樹下埋著屍體的說法，梶井基次郎這位作家也曾經寫過類似的文章。

為什麼櫻花開得如此燦爛呢？不是很難以置信嗎？我始終對於那種不可信任的豔麗感到不安，現在卻總算恍然大悟。原來是因為櫻花樹下埋藏著屍體，然然比起粉色的櫻花，如血般鮮紅的鳳凰木更加適合這種說法吧。

學長像是察覺到了什麼，俯身靠向我。

「為什麼突然盯著樹根看？」

「沒什麼。」

我不禁感到心跳加速，顧左右而言他。

「嗯嗯。」

學長聳聳肩，模仿著我的口頭禪。

不遠處是腳踏車停車棚的緣故，不少學生來來去去。大多都是討論著接下來要去哪裡吃飯的學生，並未對待在校庭角落的我們多加注視。

高中生活即將宣告結束，我卻連一絲傷感的情緒也沒有。比起這個無關緊要的活動，我更在意掛在電視櫃旁邊的牆面、用紅筆圈起的搬家日期已經近在眼前了。

學長像是忽然想到什麼似地低頭，勾起嘴角。

「對了，差點忘記說了。恭喜你畢業。」

「……感謝。」

「這個是畢業禮物。」

學長猛然彎腰，若有似無地輕咬了我的嘴唇一口。花瓣飄落似地輕吻。

被偷襲的我遲來地摸著被親的地方，內心千頭萬緒卻突然笑了出來，首次對於這份關係湧現出了真實感，同時也意識到這是學長風格的訣別。

學長待在公寓的最後一頓午餐是玉米濃湯、炸肉排和炒空心菜。

不是選擇自己喜歡的料理，而是選擇我喜歡的料理。

我刻意將玉米濃湯煮得又燙又甜，希望這個味道能夠銘刻在他的舌頭。

起了個大早將家裡徹底打掃乾淨的學長愛睏地半瞇著眼，單手端著黑咖啡坐在沙發，凝視著漆黑的電視螢幕。

當清洗碗筷的我將最後一個瓷碗歸位後，相當湊巧的，手機鈴聲應時響起。那是計程車司機打來的通知。

「是的，我有預定……現在立刻下樓，請等一下」

結束通話後，我看見學長準備就緒地拉著鮮紅色的行李箱，站在玄關。

我急忙走上前，向前遞出鑰匙。

「我已經不需要了。」

「拿去。」我強硬地將公寓鑰匙塞給學長，再度重複，「我會一直待在這裡，你想要什麼時候回來都可以。」

「你不需要這麼做……」

「這是我的決定。」我堅決地說，然而想到很有可能這是最後一次目送學長出門就忽然覺很想哭。

我堅信學長遲早會回來這個一起生活過的公寓，然而那個「遲早」究竟是一年、五年又或是十幾年，誰都說不准。這段時間，我必須獨自努力。雖然早就下定決心，然而在這段路途，好幾次我都湧現開口挽留的衝動。

只要一句話，學長就會留下。

我知道的。

然而也正因為如此，我才不能夠開口。

「……拜拜。」學長低聲說。

沒有說「再見」，也沒有不告而別，而是說了「拜拜」。

接著就踏出公寓。

我站在突然變得寬敞的玄關，急促呼吸。

學長只有帶走自己的私人物品——衣物、電腦、工作方面的資料和那臺紅黑色外殼的帥氣機車，家庭劇院組、大量原文小說、旅遊雜誌和電影光碟都依然留在公寓原本的位置。

好半晌，我才快步走進臥室，抓起粉紅色的鯨魚布偶，將臉深深埋入其中。

分別這件事情比想像中更加簡單。

等到回過神來，這輩子最重要的人已經離開自己身邊，雖然待在同一座城鎮，只要十多分鐘的車程就可以抵達吧，但是我卻不曉得他身在何處，也杳無音訊。

直到學長搬家的那天夜晚，我才初次得知分別的沉重，抱緊粉紅色的鯨魚布偶，無法遏止地哭到睡著。

七、球藻

時序流轉。

高中畢業之後的我並沒有成為大學生，而是開始了在餐廳的學徒生活。

原本只是為了節省開銷才自願負責晚餐，希望能夠盡己所能地幫到辛苦上班的學長，這件事情在不知不覺間卻成為了自己的一部分。

即使學長離開了，我的生活依然到處可以見到他的身影。

我還在努力延續著我們的關係。

這件事實讓我感到無比安心。

高中畢業才擔任學徒並不算太晚，話雖如此，對於沒有相關基礎的我而言也不是太過簡單的事情。向來溫和隨興的店長在這件事情確定的時候就變得極為嚴格，從握菜刀、洗碗的方式一一糾正，指導途中不時伴隨著破口大罵。

馬尾小妹為了更加積極地投入樂團的活動，在我畢業之前就辭職了。

偶爾，我會收到她寄來的遊戲邀請，回以生氣的貼圖之後，她也會回應壞笑的貼圖。她的大頭貼換成了貝斯彈片，很神奇的，儘管至今我們依然保持著聯繫，卻始終不曾再有過文字方面的交流。

日子過得充實且迅速。

七點到店裡進行開店準備，確認廠商送來的食材，處理蔬菜並且清洗鍋碗，等到店長上班就開始處理各種雜務，直到晚上關店和打工的外場同事們打掃完環境，鎖門離開。

一旦身邊缺乏足以壓住時間流逝的重要之物，即使是親身經歷的一天，我在睡前卻連五分鐘的回憶都拼湊不出來。

每當我想要碰觸相關記憶時總會揚起大片灰塵，搔得鼻尖發癢、噴嚏連連，好像那些事情已經是很久、很久之前的往事了。就連當初珍惜不已的那隻粉紅色鯨魚布偶，現在也只是靜靜地擺在床頭櫃。我已經許久不曾緊緊抱住鯨魚，讓身體沾上熟悉懷念的味道了。

或許在學長拉著行李廂離開的瞬間，我的時間就停止了。

公寓失去了愛，成為空殼。

儘管如此，成為社會人的我依舊不成熟地抓著空殼的邊緣不肯鬆手，為了一個單方面許下的約定繼續住在這間公寓。

學徒的薪水不高。負擔一個人的生活費綽綽有餘，然而加上公寓房租就相當勉強了。在幾乎束手無策的情況之下，我只能夠聯繫娜娜學姊……原本想要借錢，不料說明情況後，她毫不猶豫地提議分擔房租。

於是，娜娜學姊搬進了公寓。

直到這個時候，我才知道娜娜學姊現在的工作是保險業務。她似乎有著這方面的天賦，拿過幾個公司內的年度獎項，也是晉升為高階主管的熱門人選。由於銀行有戶頭有了一筆不小的儲蓄，已經在公司附近租了一間個人小套房，和男朋友半同居地過著幸福的普通生活，不過一旦吵架或心情低落，她就會跑來這個做為避風港的公寓。

當娜娜學姊跑來公寓的日子，我通常會在客廳待到深夜。沒有什麼理由。

或許是單純太早躺在床鋪卻睡不著，雙方都會覺得很彆扭吧。

我拒絕改變公寓內的任何擺設，這點不會退讓。當娜娜學姊前來公寓避難的時候，她總是睡在學長的那張單人床，我抱著粉紅色鯨魚布偶，曲著身子睡在隔壁屬於自己的位置。

背對背躺在相鄰單人床的我們不會交談，即使尚未睡著也只是聽著彼此淺淺鼻息，保持沉默直到睡意降臨。

學長留下來的ＤＶＤ播放器已經很久沒開了，電視螢幕基本上都是暗著的。

娜娜學姊在睡前一定要喝酒，對此相當講究，冰箱裡面多了許多複雜名稱的起司和乳酪，流理臺旁邊也擺放著小型紅酒櫃，裡面塞得滿滿的。此外，娜娜學姊也很堅持要在睡前敷面膜，在她過來的夜晚，客廳總會出現一位盤腿坐在沙發、單手拿著酒杯另一手拿著銀叉吃著下酒菜，看著無聊連續劇，然後發出大笑令面膜拉扯到極限的奇怪女子。

儘管如此，人類是習慣的動物。

無論最初感到多麼悲慘難熬、傷心欲絕或憤怒不已，隨著時間流逝，逐漸就會習慣了。

「學弟，你有看到我的外套嗎？上班穿的那件。」

「不是在浴室的架子嗎？妳前晚回來直接去洗澡就掛在那裡了。」

學弟這個稱呼是在不知不覺間定下來的。低了娜娜學姊一個學年，被稱為學弟也是理所當然的事情。

我坐在沙發吃早餐。草莓與花生醬的吐司三明治，以及冒著熱氣的黑咖啡。只有穿著單薄襯衣的娜娜學姊疑惑走進浴室，很快就滿意拿著西裝外套走出來。

「太好了，我還以為丟在公司了。」

我聳聳肩做為回應，起身替娜娜學姊泡咖啡。

使用許久的咖啡機似乎快要壞掉了，沖泡時都會發出「喀喀喀」的刺耳噪音。娜娜學姊露出很受不了的厭煩眼神。

「扔了吧，不然我買個新的。今晚下班就可以拿過來。」

「不必了。」

我冷靜卻堅持地拒絕。當初早就決定要繼續使用它直到徹底壞掉為止。

「固執。」

娜娜學姊像在教訓小孩似地無奈搖頭，快步穿梭在每個房間，拿外套，取手提包，尋找皮夾，穿好絲襪，動作風風火火。這段時間，我默默瞪著裊裊攀升的熱氣發呆，直到聽見玄關傳來高跟鞋清麗的聲響才急忙走過去。

「咖啡呢？」

「抱歉，今天沒時間。」我站在玄關，看著眼前一身俐落套裝，與方才邋遢模樣判若兩人的娜娜學姊，繼續問：「今天會回來吃晚飯嗎？」

「今晚的話……和朋友有飯局，應該到半夜才會回來。不用等我了。」

「瞭解。」

娜娜學姊再次拉挺襯衫的衣領，凜然地抿起嘴。塗有口紅的嘴唇總覺得紅得很不自然。

「那麼我去上班了。」

「路上小心。」我開口道別。

公寓恢復寂靜。

只要沒有刻意發出聲音，安靜得連流經耳膜的血管鼓動聲響也能夠清晰聽見。

每周三是餐廳的公休日，也是我每周唯一的休假。

當門板關起的瞬間，公寓內再次回歸平靜。我端著馬克杯前往位於角落的小餐桌，那是一個人喝咖啡的固定位置。

兩杯咖啡有點太多了。我花了許久時間緩緩喝完，雙倍的咖啡因卻沒有發揮功效。明明才剛起床依然覺得很疲累，我踱步走回臥室正面倒在床鋪，將臉龐埋入枕頭。

娜娜學姊的心思很難捉摸。

學長待在公寓的時候從來不掩飾情緒，展現出內心真正的想法，然而娜娜學姊卻依然在各方面拉起一道防線。我知道這樣才是正常情況，然而待在公寓無法徹底放鬆還是有些難受。

肋骨被壓住，傳來輕微的不適感，伸手摸索片刻，我從棉被下方拉出一條胸罩。

睡意頓時被削弱許多。隨手將那條黑色蕾絲的胸罩扔入娜娜學姊的衣櫥，我走到陽臺。

微涼的秋風吹拂。

站在欄杆旁向下俯視。庭院一片蕭條，矮樹叢底部堆滿發黃腐爛的落葉，兩顆櫸木也顯得半死不活，頑強黏在樹幹的數片葉片末梢呈現淺淺的黃紅色，應該很快就會飄落了。

這麼說起來，以前曾經有一隻野貓總會跳到陽臺玩耍，是從什麼時候開始，我沒有再看見那隻野貓的身影了？

大腦深處就像被一根羽毛輕輕搔動，我快步走到廚房，蹲著身子打開流理臺下方的碗櫥，挪開陳舊的湯鍋和數盒洗衣粉，總算在最深處發現好幾罐未曾開封的貓罐頭。

用指腹擦去灰塵，罐身標示的保存期限正好是公寓變成空殼的那一年。

——貓咪每次懷孕都會產下至少兩胎的小貓。

這個話題突然掠過心頭。

現在已經無法清楚回想起當初為什麼會提到這個話題，前後的對話也相當模糊，然而現在突然想到如果學長和我是兄弟，那麼就可以理所當然地永遠生活在一起了……

我縮起身子，雙手在胸前緊緊握住罐頭，蹲在廚房地板。

呼出的嗚咽緩緩融入空氣當中，無聲消散。

娜娜學姊喜歡清淡、健康的料理，態度之堅決，只要我煮的晚餐稍微多加點油就一口都不吃。基於身為料理學徒的倔強精神，我不肯服輸地開始研究她喜歡的食譜。結果大多以差評告終。

今天也是如此，娜娜學姊對我煮的晚餐不屑一顧，逕自分裝著下班途中外帶回來的沙拉。寬大扁平的透明塑膠盒子中，裝著各式稀少菜葉與大量起司絲。據說那是某家美國餐廳不久前開的分店，即使外帶也要在三天前電話預約。

她一邊挾起萵苣葉一邊抱怨剛進入公司的新人。

「嗯嗯。」

由於不曉得她到底在說誰，我簡短回應。

電視螢幕播放著好幾年前的超級英雄電影。騎乘飛行機車的英雄正在追逐外星入侵者，在華盛頓的高樓大廈群展現高超的技術。最近的週末晚上，只要將轉到電影臺幾乎都是這部電影。

「——所以說應該在自己察覺到錯誤的時候主動修改或報告吧，為什麼明明知道做錯了還將資料往上交？浪費我的時間讀一次再罵人，是以為不會被發現就沒事嗎？可以蒙混過關嗎？倘若真的給他蒙混過關了，之後豈不是更慘嗎？」

「嗯嗯，那樣的確不太好。」

「你根本沒在聽吧。」娜娜學姊斜眼瞪來。

「就是妳前幾天也在罵的那個新人吧。」

「哼。」娜娜學姊又盛了一碗沙拉，砰地放到我的面前。「這分量太多了，幫忙吃點。」

「我可是吃了兩人份的晚餐。」

「又沒叫你煮。」

我妥協地拿起叉子戳了一口。味道確實很不錯。

這個時候，家庭劇院組的喇叭忽然傳出輕快的鋼琴音樂，由於和交戰的劇情太過衝突，我側頭看向螢幕後才發現進入了廣告時間。當紅偶像坐在速食店的位置，露出極為幸福的表情大口咬下漢堡。

其實我挺喜歡電影的廣告時間。

情緒得到舒緩，可以稍微喘口氣，不過學長認為那樣會打斷劇情節奏，完全不看電視臺播放的電影，寧願直接買一片光碟。娜娜學姊也是這樣的類型，只要一到廣告時間就立刻切換頻道，憑直覺猜測廣告差不多結束的時候再轉回原本的節目。偶爾湊巧矇中就會沾沾自喜地對我露出驕傲的笑容。

現在也是如此。

漢堡的廣告尚未撥完，娜娜學姊馬上拿起遙控器，連續切到播放著宮廷古裝劇的電視臺。

這部超級英雄的電影以前陪學長看過好幾次了，電視櫃裡面也有光碟，就算漏掉些許片段還是看得懂。我沒有出聲抱怨，繼續用叉子戳著乳酪絲和不知名的蔬菜葉片。

娜娜學姊繼續抱怨，講到激動處的時候重重將瓷碗放到桌面，走到廚房拿了一罐啤酒和事前冰好的玻璃杯，將之倒入其中。

那個瞬間，我彷彿看見小米趴在桌子邊緣凝視著玻璃杯被注滿的身影，不過再次眨眼只看見娜娜學姊不悅地將空掉的啤酒罐捏扁，扔到垃圾桶。

「我覺得你對周邊的人多點關心會比較好。」

我不曉得為什麼突然變成這個話題，隨口敷衍一聲。

呢喃碎念的娜娜學姊像是忽然想起什麼，急忙抓起遙控器切換頻道。這次卻猜錯時間了。

電視螢幕的主角高舉起右手，大聲歡呼。看來反派已經被解決了，錯過了最精采的片段，然而娜娜學姊卻像是什麼都沒有發現似的，繼續盯著螢幕。

玻璃杯內的啤酒發出「嘶嘶」的細微聲響。

隨著時序逐漸邁入冬季，不知不覺間，娜娜學姊住在公寓的日子逐漸多於待在個人套房的日子。據說是因為分手的前男友三天兩頭跑到套房要求復合，煩不勝煩的娜娜學姊只好躲到這裡避難，不過她每月都準時將一半的房租匯入我的戶頭，所以我也沒有追問細節。

原本只是借宿的感覺，現在卻像是「住」在這裡了。

公寓各處理所當然地出現娜娜學姊的私人用品。

洗臉臺的電動牙刷、印有碎花圖樣的毛巾、衣櫃裡燙得沒有一絲皺紋的套裝、陽臺角落用垃圾袋包著的空啤酒罐、臥室書桌角落的化妝用品、疊成小塔的面膜盒子、封面是玫瑰花與少女剪影的外文小說、晾在浴室的內衣、小巧的純白手錶、維他命藥丸的塑膠罐、玄關的高跟鞋以及我在掃除時總會出現在各處的褐色長髮。

代表著娜娜學姊生活痕跡的各種物品理所當然地出現在各個角落。

某天，我起床後凝視著擺在客廳桌面的馬克杯——不屬於學長或我的陌生馬克杯，忽然覺得很想哭又很生氣。

當我回過神來，馬克杯已經碎裂成無法復原的碎片。

心情變得異常平靜，我迅速用報紙包住碎片，跟店長請了病假之後拿起錢包離開公寓，將之扔在公寓地下一樓的垃圾集中場，接著跑遍整座城市，總算在一家專賣家具雜貨的小店找到一模一樣的馬克杯。

我始終不曉得娜娜學姊究竟有沒有發現馬克杯被調換了。

我也沒有打算詢問。

——人類是為了戀愛與革命而生的。

學長曾經說過這是某位日本文豪的筆下名言，或許是太宰治，也或許是夏目漱石。我認為那是正確的。

在分別之前，我為了戀愛而生，在分別之後得現在依然如此，沒有改變。打從學長離開的那天起，我的生活就被一層柔軟卻無法穿透的薄膜包裹。裡面充滿溫柔繾綣、狹窄、安定的情緒。那是不會產生變化並且與外界隔絕的美好世界。

這樣就好……不，應該說這樣很好。

回憶能夠讓未來的自己不感到寂寞，話雖如此，無論多麼刻骨銘心的回憶終究會變得淡薄。在與學長分別超過一年之後，我遲來地理解到這個道理。

公寓的家具和擺飾沒有任何改變，只要扔掉娜娜學姊的物品就會回到原狀，然而我逐漸無法順利回想起學長待在這裡的記憶了。那種感覺很難受，因此休假或提早下班的時候，我不會直接返回公寓，而是在附近信步走動，如果累了就待在小公園消磨時間。

大象溜滑梯因為過於老舊被拆除了，沙坑也因為繁瑣的安全理由被填平成水泥地，整座公園的遊樂器具只剩下鞦韆。或許是這個因素，幾乎不會有其他人過來這裡。

每次過來的時候都空無一人。

我總是坐在長椅，凝視著被風吹得前後擺盪的鞦韆。

公園沒有人，倒是偶爾會看見野貓野狗的身影。或是待在空曠處晒太陽，或是優哉優哉地垂著尾巴四處走動，並不會怕人。話雖如此，也不會主動靠近我的身邊。

今天下班後我又在夜晚的公園待了許久，坐在很不舒服的堅硬長椅，看著圍繞著路燈燈罩飛舞的飛蛾，直到氣溫降低至即使拉緊大衣也會發抖的時候，才起身返回公寓。

進入客廳的時候，已經下班的娜娜學姊換成居家裝扮，盤腿坐在沙發看著旅遊雜誌，手邊當然放著一杯紅酒。這個是她最近的興趣。

大學時期主修英文、副修西班牙文，娜娜學姊可以看懂大部分我和學長都只能夠欣賞照片的雜誌內容。她總說字太多的文章看了就頭暈，不過照片旁邊的簡短介紹和小篇幅的景點導覽似乎可以接受。

注意到玄關的聲響，娜娜學姊側臉瞥了冷得發抖的我一眼。

「加班嗎？平常不會這麼晚回來吧。」

「散步。」

「瘋了吧，誰會在這種冷風中散步？」娜娜學姊發出「格格」的笑聲。

我沒有回答，逕自走到廚房，從冰箱拿出柳橙汁，旋開瓶口直接湊著嘴巴喝，接著注意到客廳的壓克力桌放著一個沒見過的物品。

富含光澤的鐵絲彎曲成不規則的底座，並且向上延伸出一個類似鳥籠的半弧形。弧形中央放著玻璃製的圓形藝品，在上方斜角的位置開了個洞。玻璃藝品中央則是注了半滿的水，一顆渾圓的綠色物體在底端緩緩搖動。

「那是什麼？」

「球藻。」

對話內容沒有咬合。我將柳橙汁的寶特瓶放回冰箱，再度詢問。

「為什麼這裡會有球藻？」

「路上撿的。」

「別開這種無聊的玩笑了。」

「真是的，你很沒有幽默感耶。」

「常常有人這麼說，所以那顆球藻哪來的？」我走到桌邊，伸出食指戳了戳玻璃藝品。

球藻因此左右晃動。

老實說，我始終無法分辨球藻究竟是死是活，也不明白想要養這種東西的人究竟在想什麼。

「買的，正好看見特價。很可愛吧。」

娜娜學姊放下旅遊雜誌，興致勃勃地湊到旁邊，同樣俯身觀看。

「比起麻煩的小貓小狗更不需要照顧，七天換一次水，其他時間放著就行，據說還有吸收輻射的功能！」

「那是仙人掌才對吧。」

「是嗎？」

「大概吧。」

我很快就對球藻失去興趣，返回廚房，再度打開冰箱取出用塑膠袋包著的各種食材，開始準備晚餐。娜娜學姊說著「對了，我有買雞胸肉回來」，踮腳將下巴靠在我的肩膀。

熟悉的洗髮精味道飄入鼻腔。

「這樣很難切菜耶。」

「自己廚藝不精還怪別人。」

「我好歹有接受專業廚師的指導……去客廳，不要礙事。」

將娜娜學姊趕到客廳，我單手捧起青花菜，順時鐘削成小塊，花了十多分鐘準備好晚餐。菜色是煎雞胸肉、炒青花菜、酸辣湯和涼拌蒟蒻絲。

「喔喔，肉的味道。」

娜娜學姊愉快擺出歡呼姿勢。

我在壓克力桌擺好兩人份的碗筷，面對面坐著用餐。娜娜學姊坐在沙發，我則是習慣性地坐在地板。娜娜學姊本來打算去拿啤酒，不過喃喃自語著「等到睡前再喝好了」，轉而取出冰開水，斟滿兩杯放到桌面。

「油沒有放太多吧。」

「在妳的標準內。」

「很好。」

娜娜學姊滿意地舉起筷子，熟練將雞胸肉挾成小塊。

平時這個時候，娜娜學姊總會說些工作方面的抱怨。像是那位沒有用心學習的新人，經常偷摸女性員工肩膀和腰的垃圾主管，自告奮勇攬下工作卻總是做不完、四處拜託他人幫忙的爛同事，沒有證據卻肯定養著兩位以上情婦的董事長，毫無根據且充滿個人偏見的話題說也說不完，今天卻異常沉默。

我疑惑地瞥了一眼，主動打破沉默。

「這麼說起來，學長以前也養過球藻。」

「真的嗎？」

娜娜學姊驚喜反問。這件小事立刻令她的情緒煥然一新，倏地露出愉快笑容，一邊夾起蒟蒻絲放入口中，一邊開始說起隔壁部門年長主管的八卦。

吃完晚餐，娜娜學姊一如往常地負責洗碗，我則是先去洗澡。

今天沒有好好泡澡的心情，我胡亂將身體每個部位沖洗乾淨就算了事，接著和已經脫到只剩下襯衣的娜娜學姊在走廊擦身而過，回到臥室將枕頭立起，倚靠著床頭櫃將粉紅色的鯨魚布偶抱在胸口。

小米經常和這隻鯨魚布偶聊天，然而我從來不那麼做，不說話也不擺動尾鰭玩耍，只是緊緊地、用力地抱住。經過這些年來，鯨魚表面的布料被磨去不少，隱約可以看見內部粗糙的網狀纖維。抱緊牠可以聞到一股奇特的味道，我認為那是這個家原本的味道。

不知不覺間已經聽不見沖水的聲音，娜娜學姊應該正在敷乳液和貼面膜吧。我很討厭她，不過每天堅持不懈地保養這點令人佩服。

我凝視著天花板的吊扇默數。

當數字來到三位數的時候，房門總算傳來動靜。

娜娜學姊走進臥室，沒有等待我的回應就關上電燈，接著走到書桌旁邊開啟蘑菇造型的小夜燈。

「關燈囉。」

直到現在，我依然尚未習慣敷著面膜的娜娜學姊，就像身旁待著一位戴面具的陌生人，睡覺的時候也刻意保持背對的姿勢。在醒著的時候多少覺得有些滑稽，不過深夜突然醒來依舊會被嚇到。

緊接著，我發現球藻被移到書桌角落，就在娜娜學姊的眾多化妝品旁邊。

小夜燈正好可以照到玻璃球，連帶令牆壁出現一小塊球藻的影子。

側身躺在床鋪的娜娜學姊拉緊棉被，忽然翻身，不發一語地凝視著我，即使被我投以疑惑的眼神也沒有回應。

僵持片刻，我受不了這陣沉默地率先開口：「怎麼了嗎？」

「你依然打算繼續這樣的生活嗎？」娜娜學姊問。

「待在這間宿舍，等著永遠也不會回來的人。你或許抱持著希望，不過就像被小孩放掉的氣球，隨風亂飛到某一天就會消氣破掉。」

我覺得娜娜學姊的比喻很有意思。

有些費解，卻又隱約可以理解她想要傳達的意思。

「妳醉了吧。」

「又在敷衍……你每次不想說謊的時候都這樣。」

「現在的生活很充實，學姊也覺得不錯吧？」

「不是這個問題。」

生起悶氣的娜娜學姊刻意轉身，伸腿蹬得床墊咿啞作響，接著無可奈何地低聲嘆息，嘟囔著「睡了，晚安」，逕自結束話題。

聽著身旁淺淺的呼吸聲，我繼續思索著那個很有意思的比喻。

外面寒風凜冽，夾帶著寂寥呼嘯而過。

片刻，我突然覺得有些悶，起身打開房門也沒有太大效果，只好稍微將窗戶拉開一小道縫隙。冷風頓時灌入臥房。

娜娜學姊立刻將棉被拉得更緊。

「妳還醒著嗎？」

我躺回自己的單人床。

娜娜學姊沒有回答，不過伸腳踢了我一下。

「關於剛才的問題……這個是我的夢想，因此我會一直待在這間公寓等他們回來。不管要花多久的時間都沒有關係。」

「少用這種表面華麗的言語繼續敷衍，在連續劇就聽膩了。必須燃燒生命、費盡心神去挑戰的事物才能夠稱為夢想，你現在這種生活方式最多只是蹉跎光陰。」

娜娜學姊連嘴巴都蓋著棉被，導致聲音悶悶的。

「講得真狠。」

「這不是當然的嗎？如果想要挽回，那麼就主動去找他談啊，不是像現在這樣，什麼事情都沒做，一直待在這間公寓。」

我不會那麼做。

這個是學長和我的約定，為了證明這次不會逃避，我會一直待在這間公寓等待。

不過沒有必要說出口，因此我沒有回答。

娜娜學姊等待片刻沒有聽見回應，再度踢了幾下床墊，接著撐起身子，轉向我問：「難道打算這樣過一輩子嗎？」

「不會的。他們遲早會回來，因為這裡是他們的家。」

「明明是個被甩的傢伙，說什麼耍帥的蠢話。」

娜娜學姊突然發出尖銳的笑聲。面膜被拉扯到極限的緣故，整張臉看起來很好笑。

她不懂學長也不懂小米。

我這麼想著，這次也沒有反駁。
玻璃球內的球藻稍微滾動了一下，卻也好像沒有動。

八、旅行

這幾天，娜娜學姊的情緒起伏相當嚴重。

她總在下班時間直奔公寓，完全不回自己的租屋處。

偶爾不發一語地盯著手機發呆，一看就是好幾個小時；偶爾又會在吃飯或電視螢幕出現廣告的時候哭出來，然後不停道歉不停哭。比起這樣長時間的情緒不穩定，我寧願她胡亂摔東西洩憤，至少讓心裡舒坦就沒事了。

娜娜學姊幾乎什麼話題都會跟我抱怨。

工作、家人、交友、興趣和其他無關緊要的瑣事，唯獨關於男友的事情連一個字也不會提起。基於獨占的心態，又或者單純認為局外人的我不需要知道，我不曉得，但是也認為自己不必知道。

娜娜學姊親手劃出一條界線，表明此線分界的領域「請勿進入」，因此我也不會自討苦吃、擅自跨越。

因此我什麼都沒做，等待娜娜學姊自己恢復冷靜。

緊接著，娜娜學姊改變了髮型。原本能夠綁成丸子頭的長髮剪到尚不及肩的長度，並且染成亮褐色。或許是想要營造出開朗明亮的氣氛，然而我認為結果慘不忍睹。

那個髮型只是令黑眼圈更加明顯。

我隱隱約約地知道，在剪短髮的那天，娜娜學姊和前男朋友徹底分手了。

明明是死纏爛打、利用各種手段要求復合的討厭對象，在每天抱怨當中占了最多戲分，分得一乾二淨之後卻反而感到失落。她的同事與朋友都會慶幸著表示這是好事，不過我可以理解結束一段深切關係的痛苦。

某次喝醉時，娜娜學姊不經意脫口而出，讓我得知分手的關鍵是「男方的出軌」，不過我知道那不是真正的理由。畢竟娜娜學姊也瞞著對方與我過著半同居的生活，雖然我們兩人之間清清白白，但從世俗尋常的道德觀判斷，娜娜學姊也不是能夠責備對方的立場。

話又說起來，相戀相愛的條件相當簡單，背叛的基準卻撲朔迷離。

只要不存在戀心，無論多麼貼近對方的肉體、渴求慰藉都無所謂嗎？那麼只要抱持愛意，即使只是從遠處注視對方也算是出軌嗎？又或者，兩者都是出局的行為呢？

學長在分離之後也有過新的對象嗎？

被甩之後的整整一個星期，娜娜學姊請了假，幾乎沒有外出地待在公寓。

每天都睡到自然醒，不再敷面膜也沒有化妝，懶散地打發時間。明明不喜歡超級英雄的題材，卻將學長的收藏依序拿出來播放，搭配著手機、啤酒和下酒菜窩在沙發，拖到三更半夜才不情願地上床就寢。

今天也是如此，娜娜學姊不到中午就頂著亂髮、盤腿在沙發上喝啤酒。

難得放假的我坐在旁邊。

電視播放著全部有七季的長篇英雄影集，目前娜娜學姊的進度還在第三季第一集，路途漫長。她顯然也沒有認真看內容，連學長弄丟了第二季兩集的光碟也沒有發現。

「你知道嗎？學弟，啤酒開始好喝就是覺得社會的味道比啤酒更苦的時候喔！這句臺詞很帥氣對吧！」

娜娜學姊露出很嚴肅的表情這麼說完，隨即被自己逗得哈哈大笑。

還沒醉，不過也差不多了。

「請這麼久的假沒有問題嗎？妳該不會辭職了？」我問。

娜娜學姊頓時垮下臉，一副「幹麼提起這個話題」的表情，隨手將身後靠枕扔到客廳角落，悶悶吐出「年假」做為回答。我納悶著為什麼年節期間以外也能夠請年假，不過沒有問出口。

起身走過去將靠枕撿回來，我又坐到娜娜學姊身旁。

肩膀幾乎相碰的距離。

將脖子彎到垂直的角度，娜娜學姊嘗試喝光最後一滴卡在縫隙的啤酒。良久，似乎開始覺得疲了才頹然將啤酒罐放回桌面。

我好奇拿起來搖了搖。沒有聽見液體晃動的聲音。

「你呀，肯定都沒有後悔過對吧。」

「……什麼？」

「像是在準備大考的時候懷疑『為什麼自己要這麼努力』，在和戀人吵架的時候思考『當初究竟為什麼要和他交往』，或是在工作遭遇挫折的時候懊悔『早知道當初就進另一家公司』之類的。」

娜娜學姊扳折著手指數數。平時總是擦著各色鮮豔指甲油的指尖此刻呈現自然的膚色。

不曉得為什麼娜娜學姊會產生這種印象。

我可是無時無刻都在後悔。

後悔沒有更早注意到學長背負的壓力，後悔過度仰賴學長的溫柔，後悔沒有更早坦白彼此的真心話，後悔沒有開口挽留，後悔沒有更加珍惜我們相處的時間，後悔沒有更早履行約定。

不過這些事情沒有說出來的必要，所以我聳聳肩。

「大概沒有吧。」

「哼！」

眉頭深鎖的娜娜學姊忽然起身，大步穿越房間。緊接著浴室傳來吹風機的嗡嗡聲響。

即使相處了不短的時日，我依然無法分辨她生氣的底線。

等到光碟播放結束，電視螢幕停在一開始的選單畫面，沒有動靜。

當娜娜學姊再次回到客廳的時候，我注意到她的頭髮平順不少。在徹底斷去那段關係之後首次打理儀容。

我猶豫著是否要提起這點，很快就錯過時機。

娜娜學姊拿著遙控器，快速切換頻道，抱怨著「現在根本沒有好看的節目」。

「畢竟是平日上午。」

娜娜學姊一瞬間思考著是否要再撥一片英雄影集，不過顯然已經膩了，切到改造住宅的日本節目就扔開遙控器，將自己摔入沙發似地坐下。緊繃的身體似乎隨之放鬆，肩膀也垮了下來。

我其實挺喜歡那個節目，可惜現在不是看得入迷的時候。

我忍不住用眼角觀察娜娜學姊。原本以為她很快就會皺眉抱怨，沒想到卻露出欣羨的眼神。

「難得的長假好想出國玩啊……這麼說起來，學弟，你有出過國嗎？」

「沒有。」

「居然嗎？」娜娜學姊有些訝異。「有段時間，他老是在說些國外景點的話題，什麼此生一定要到雪積得很深的地方看看，踩彩雪、堆雪人。這裡也有各種旅遊雜誌，還以為你們至少出國過一次。」

「一直沒有機會。」

我努力不要將內心緊揪的情緒展露在外，平靜回答。

娜娜學姊沒有注意到異狀，癱軟在沙發繼續盯著螢幕。

「真想到一個沒有人認識自己的地方。什麼事情也不用管，盡情放鬆。」

「妳現在就在放鬆了不是嗎？」

「你在開玩笑吧，待在閉眼走路也不會撞到東西的房間哪來的旅遊氣氛。光是看著衣櫥那幾件上班穿的套裝和大衣，隨時都會想到討人厭的客戶和主管，可惡！一想到後天就得回去公司就覺得心浮氣躁！」

娜娜學姊用指腹揉著髮尾，頻頻咂嘴。

「那麼要出去玩嗎？」我開口提議。

說完之後我自己也嚇了一跳，不曉得為什麼會突然脫口而出。

就算後悔著當初沒有和學長外出旅行，現在陪著娜娜學姊也沒有意義吧？

「現在嗎？」

娜娜學姊訝異瞪大眼。

「不去嗎？」我反問，內心其實有點希望娜娜學姊會滿臉不耐煩地否決，不過事與願違。

「要去！」

彷彿這幾天消失的熱情一口氣爆發出來，娜娜學姊興致勃勃跑進臥室，砰地敞開衣櫥，開始挑選衣物。掛得整整齊齊的白襯衫和套裝全部被擠到角落。

我暗自嘆息，盤算著明天再請一次病假會不會挨店長的痛罵，跟著走進臥室收拾行李。話雖如此，環顧一圈並沒有看見一定要攜帶的物品，大概就是錢包、手機和粉紅色的鯨魚布偶吧。比起枕頭，沒有抱著那個布偶更容易睡不著。

我和娜娜學姊的交集僅止於公寓之內。我們倆不曾在外面的世界見面，遑論一起出門旅行，因此看著旁邊座位正在打盹的娜娜學姊，我不禁感受到某種奇妙的違和感，總覺得中間跳過了許多應該存在的階段。

說起來，現在身邊的旅伴應該是學長、小米才是。

我不禁握緊手指。

這個時候，肩膀突然感受到重量。睡迷糊的娜娜學姊將頭靠了上來。微微張開的嘴角流出口水，稍微沾到了衣服。我瞇眼凝視了好一會兒，轉動視線才注意到客運窗戶出現歪斜細碎的線條。

下雨了。

真不是適合外出旅行的日子。

數小時後，剛下客運的我們就受到狂風暴雨的洗禮，說巧不巧，鄰近便利商店的便宜透明塑膠傘被搶得只剩下一把。雖然雙人共撐一把傘是戀愛漫畫中的經典橋段，實際上卻毫無浪漫可言，即使我和娜娜學姊擠在一起，依然連肩膀都溼透了。

這裡是相當著名的景點，有著湖泊與環山步道，然而顯然是季節與雨勢的雙重影響，一路上幾乎看不到攤販和遊客。雨水不間斷地敲打湖面，發出機槍似的撞擊聲，更加凸顯環湖步道的寂寥。

在幾乎癱瘓聽力的驟雨當中，我和娜娜學姊憑藉著一把雨傘努力前進。當地人的爺爺奶奶坐在自家門前的塑膠椅子，百般無聊地看著電視。大門向外敞開。沒有人朝向我和娜娜學姊看上一眼。

沒有遊覽觀光的餘力，我們直接前往旅館登記入住。

途中在客運上用手機預定的旅館，是一間頗有年代感的三層樓木造建築，網路評價良好。屋頂鋪設著紅褐色的瓦片，庭院小橋流水和充滿風韻氣氛的松樹一應俱全，營造出典雅氣氛，然而在目前的雨勢下，反而令人擔憂松樹會不會從中折斷。

渾身溼透的我坐在櫃檯大廳的長椅，將行李內的物品一樣一樣取出來檢查被浸溼的程度，娜娜學姊則去確認訂房情況。後背包的底部不曉得為什麼溼得很徹底，正好塞在那個位置的鯨魚似乎整隻縮小了一圈，粉紅色的毛線難看地纏繞成團。

我眉頭深鎖著凝視著背包內部，用指尖小心翼翼地摳著。

數分鐘後，娜娜學姊踩著皮鞋走到面前。

「還有不少空房，要分開睡嗎？」

「我沒意見。」

「那麼就維持原案同間吧，用那份錢去吃點高級料理。」

娜娜學姊咧嘴露出能夠看見牙齦的笑容，轉了轉手指。銀白色鑰匙劃出奪人視線的銳利軌跡。

房間出乎意料是鋪設著榻榻米的日式風格。

我們輪流泡完澡，換穿成旅館提供的浴衣，各自打發時間。娜娜學姊慵懶地倚靠著躺椅，發出愜意的嗚咽聲。

「好久沒有出來旅行了，這種什麼事情都不用管的心情真棒呀。」娜娜學姊用力伸展身體，似乎完全不在意春光外洩。

夜幕低垂，雨依然下個不停。

空氣中瀰漫著木頭被水浸溼的味道。稍微擰乾的衣物用衣架吊在衣櫥頂端的凹槽處，每當風雨吹入房間就會發出框咚、框咚的聲音。溼透的鯨魚則是放在矮桌桌面，漆黑的小眼睛此刻目不轉睛地凝視窗外。

「聽說這附近的著名景點是小瀑布，明天要去看嗎？」

我用手肘撐著矮圓桌，翻閱著從櫃檯拿來的免費觀光導覽手冊。

「啊啊，不過抵達前好像要走一小段登山步道。」

「那樣還是算了。」

完全提不起勁的娜娜學姊躺回地板，伸手從矮桌取了一個煎餅，毫無禮儀可言地直接用牙齒咬開塑膠包裝，吃了起來。碎屑掉了滿地。

「難得來旅行卻什麼都不做嗎？」我問。

「難得來旅行，反而搞得自己很累不是本末倒置嗎？」

對話看似咬合了卻沒有咬合。娜娜學姊的表情就像這個話題已經結束了，慵懶地伸手拿起第二片煎餅，繼續喀嚓、喀嚓地咬著。

這樣和待在公寓有什麼差別嗎？

我沒有深究，開始嘗試將鯨魚布偶弄乾。雖然抓住頭尾用力擰扭似乎很有效果，然而不禁擔憂那麼做會令原本就脆弱的縫線崩裂，稍微嘗試一下就放棄了，接著在浴室的塑膠櫃發現吹風機，聊勝於無地緩慢烘乾。

當我好不容易將鯨魚烘成半乾，吃光煎餅的娜娜學姊在地板翻了一個身。

「吶，我餓了。」

旅館沒有提供晚餐，這點寫明在訂房內容當中，但是我們倆都沒有發現，只好決定該由誰出去外面購買。三戰兩勝的結果由我落敗，不得不拿起骨架扭曲的透明塑膠傘，踏出風狂雨驟的街道張羅晚餐。

大多數的商店都沒有營業。我連續跑了三家餐廳都撲空，最後乾脆直接走進便利商店，胡亂抓了能夠充饑的食物和飲料就到櫃檯結帳。店員露出厭惡的眼神盯著地板的大灘水漬，我不禁迴避起他的目光。

當我回到旅館房間的時候，等待許久的娜娜學姊立刻上前奪走啤酒，拉開拉環喝了起來。

「沒有必要那麼急吧。」

我將塑膠袋放到矮桌，依序取出飯糰、麵包和飲料，接著忽然想到應該先處理一下溼淋淋的自己，脫掉上衣和牛仔褲準備進浴室洗澡。

娜娜學姊不甚在意地瞥了眼，用腳趾夾住剛脫下來的溼透襪子往角落甩，繼續喝著啤酒。

迎面沖著令肌膚發燙的熱水澡，我將瀏海全部撥到腦後。花了十多分鐘沖澡，讓身體從內部開始熱起來之後，浴缸也恰好放滿了水。浴室被蒸氣籠罩，霧茫茫的一片。

我幾乎不曾外出旅行，但是感覺並不差。客觀來看應該是相當惡劣的情況，不過正如娜娜學姊所言，心底有一種待在公寓無法獲得的解放感。當然了，如果旅伴是學長和小米就更完美了。

心滿意足地泡著澡，我側著身子一一查看放在洗手臺的各式產品。顏色統一都是白色的，用金色的英文和中文寫著名稱，最後發現一包「香橙泡澡劑」。放在掌心沉甸甸的，是令人安心的重量。

我試了幾次才順利撕開，將內容物一股腦兒地倒入浴缸。為了充分混合，啪答、啪答地用力拍動手腳。濺得地板到處都是水漬。泡澡劑的效果不同於想像，眨眼間，浴室充滿廉價的人工香精味道，水面也浮起一層油，讓我泡完後不得不再去沖澡。

其後，我換上旅館提供的浴衣。打開浴室拉門，沁涼冷風頓時從腳底直竄上來，令我打了個哆嗦。

我挑選一個鮪魚口味的飯糰，坐在地板撥著塑膠包裝。

「總算洗好了！有夠久的！」

「比不過妳吧。」

「囉嗦。」

臉頰微紅的娜娜學姊搖搖晃晃地走到我身旁，躺下來單手捧住我的臉頰。

一旦喝醉就到處親人，這是娜娜學姊的壞習慣。

最初幾次我相當抗拒，然而娜娜學姊笑著表示「你是閨密，親一下又無所謂」等等性騷擾的內容。與醉了的人計較沒有意義，每次都要上演這一齣也覺得疲倦，很快就妥協了。

娜娜學姊的嘴唇結實豐滿，互相貼近的時候可以聞到濃郁的香味。有時候她沒卸掉唇蜜就親人，又是另一種難以言喻的觸感，彷彿嘴唇與嘴唇之間透過某種液體互相接觸。

簡言之，和學長截然不同。

「你這傢伙的技巧完全不行啊……不行不行！爛透了！」

「別親了人之後自己用手臂拚命擦嘴好嗎，感覺很差耶。而且那個莫名其妙的等級是怎麼回事？」不喝酒的我無奈地說。

「來，再親一個。這次親臉頰。」

「隨便去抓個布偶親啦。」

「害羞什麼，你以為我想親你嗎。過來。」

我的肩膀被娜娜學姊蠻橫勾住，臉頰感受到嘴脣的彈力，隨即是溼黏溫暖的舌頭。娜娜學姊大概親了整整一分鐘才鬆口。她整個人往後倒在地板，手腳都張得大大的，像個小孩子一樣。

娜娜學姊的酒量到底算好還是不好？我不禁思索。大概是不好吧。

雨斷斷續續地下著，從窗戶透入的路燈光線將房間一分為二。似乎稍微清醒的娜娜學姊手腳並用地爬到我身邊，由於將她推開很麻煩，我也就任由著醉醺醺的娜娜學姊依偎在胸前。

「還有酒嗎？」

「別再喝了啦，都醉成這樣了。」

「不要管啦！」

娜娜學姊用手背輕搧著我的臉頰，咯咯發笑。由於醉得比平時還要嚴重的緣故，情緒相當亢奮，打橫身子躺在我的大腿，呢喃說著不成話語的自言自語。

推開娜娜學姊只會令情況變得更麻煩，早有體會的我任由她耍賴，隨手將電視關掉。

室內頓時回到只有雨聲的環境。只聽得到雨聲的寂靜。

娜娜學姊鬧了一會兒也靜了下來，半瞇著眼，看起來快要睡著了。

「在我高中畢業的時候，有個國小同學的朋友忽然結婚了。」

「嗯嗯。」

「當時真的感到很震驚。現在算起來，最大的小孩應該也上幼稚園了……還是國小？差不多就是那個年紀，畢業之後就沒有聯繫了，結婚和懷孕的事情都是從社群軟體上面知道的，明明在學校的時候很要好，幾乎隨時都在一起……」

「嗯嗯。」

「居然沒有給我寄喜帖耶，你可以相信嗎？雖然我連她有沒有舉辦婚禮也不曉得就是了，可能只有單純登記……」

娜娜學姊叨叨絮絮地說起我首次聽聞的往事。

染成棕色的短髮有些亂翹。這麼說起來，我其實挺喜歡她的長髮，柔順又有光澤，幾乎找不到分岔。

「你這傢伙沒在聽吧，每次都這樣敷衍。」

娜娜學姊突然伸手用力擰了一下我的臉頰。

我忍住疼痛，思索片刻該怎麼接話題，開口問：「妳在學校的時候，應該會趁著上課時間用指甲剪修髮尾分岔吧？」

「那是什麼話題？你果然沒在聽啊。」

感受著大腿內側的重量，我不知為何有股想哭的衝動。

為了驅趕這股沒由來的感傷，我搶過娜娜學姊的啤酒罐一飲而盡，嗆辣感灼燒著口腔與喉嚨內壁。眼淚頓時被酒精嗆回眼眶。

「那是我的！」娜娜學姊用頭頂了一下我的肚腹。

「這是我花錢買的。」

「囉嗦！」

娜娜學姊翻了個身，不再理會我，卻依然繼續繼續說著話。我聽了好一會兒才發覺是那位結婚了的國小同學的後續。

娜娜學姊用緬懷的神情敘述著畢業旅行、爭吵、準備考試、運動會和下課時間這些學校生活理所當然的小事。途中又有好幾次懷疑我沒有在聽，發著酒瘋吵鬧，只好斷斷續續地撫摸著頭髮哄她。

娜娜學姊的髮量濃密，雖然柔順，卻像有根強韌的芯貫穿其中。

這個距離可以聞到熟悉的洗髮精香味。

「——他和你一樣，完全沒有考慮未來或現實面，只是單純地、一心一意地想要和喜歡的人在一起。實在太像了。當初我覺得這樣相當愚蠢，現在卻無法那麼肯定斷言了……」娜娜學姊這麼說。

「講了這麼多，妳依舊沒有改變自己的立場啊。」

「這豈不是廢話嗎？」娜娜學姊沒好氣地瞪了我一眼，用酒罐擠著我的臉頰說：「這種事情承認就輸了，不管對錯，都要賭一口氣堅持到最後。」

「聽不懂妳想講什麼啦。」

「我也不覺得你會懂。」

講了這麼多話，娜娜學姊似乎也有點酒醒了。她搖搖晃晃地坐起身子，打了個酒嗝，發出空洞的笑聲。

「記得我以前常常找藉口去打擾你們對吧。那個時候，你是怎麼想的？」

「沒什麼，大概是那個討人厭的女人又來了。」

娜娜學姊無可奈何地笑了笑。

「現在才可以跟你講，其實那個時候我挺羨慕的。」

「……真的嗎？」

「現在騙你幹麼。」娜娜學姊撇嘴，又開了一瓶啤酒。「我一直覺得你們的關係不可能持久，只要他畢業就會結束，自然消散，沒想到竟然租了公寓開始同居，要不是親眼看見真的不會相信。」

「我就將這個當作稱讚了。」

「不是稱讚。」娜娜學姊搖頭說：「你們之間的關係堅定到連我也覺得羨慕，這是實話，然而那樣是不行的，在他畢業後就停滯不前了，遲早會像陰影處的死水一樣腐爛發臭。」

「真是惡劣的比喻。」

「不要混淆重點。」

我發出苦笑，接著毫無由來地想起一個遙遠且模糊的夢境。

「我呀，以前想像過如果自己是女性，或許就能夠順利維繫這段關係了。」

「不成不成，如果你是女的，肯定會變成我最討厭的那種類型。」

娜娜學姊沒有理解我的話，用力揚著手。

「我現在也沒有很招妳喜歡吧。」

「這樣說的話……的確也是啦，不過至少可以忍受。勉強位於討厭和不討厭的中間。」

「那算什麼模稜兩可的回答……雖然我也不在意妳是怎麼想的。」

「你這小子不是老愛敷衍我，就是講這種話。」

娜娜學姊以此結束話題。

覺得身體發熱的我，起身走到窗戶旁打開玻璃窗通風，然而玻璃窗比想像中更重，卡得很緊，將全身體重都壓上去才好不容易推動。冷到內臟深處的狂風隨即席捲房內，在娜娜學姊的咂嘴聲中我急忙關起玻璃窗。

「跟我說說他的事情吧。」

「誰的？」

「你口中的學長啊。」娜娜學姊說：「他在學校的時候老愛擺出好人的臉孔，幾乎不講真心話，打球的時候更是繃緊了神經，全神專注，完全不管旁邊幫他加油的女孩們，現在回想起來，真虧那種毫無服務精神的態度可以吸引那麼多粉絲……」

一旦喝醉就要我不停說著關於學長的話題，這是娜娜學姊第二個習慣。

不過這是能夠互相對照「我回憶中的學長」和「娜娜學姊認知中的學長」的好時機，因此我從未拒絕。只要娜娜學姊主動提起，總都會接續話題。

「那種態度正是學長的魅力所在。」

「魅力？」

娜娜學姊抬起臉龐，從喉嚨深處發出不屑笑聲。凌亂的瀏海無力垂下。

「不然妳喜歡他什麼地方？」

「……說話的時候，他一定會看著我的眼睛。很認真地聽，很認真地回答。」

娜娜學姊緬懷地說。

我問過許多次，卻還是首次聽見確切答覆，不由得有些怔住了。

娜娜學姊很快就揮揮手，轉而問：「不要提這個，他在家裡的時候是什麼模樣？總該不會像是待在學校那樣依然繃著神經吧。」

——家裡。我不禁細細咀嚼這個詞彙。

娜娜學姊沒有說「公寓裡」而是說「家裡」，光是這樣就讓我感到一股被承認的優越感。

或許娜娜學姊也是為了多一份和學長的聯繫，當初才會主動提議和我分租房間吧……追根究柢，她同樣深深耽溺於初戀無法自拔，根本沒有立場指謫我的行為。

我為自己猛然察覺的事實感到震驚，彷彿在不經意間碰觸到了她內心的柔軟部分，湧現些許罪惡感。

「吶，如果你三十五歲的時候我們倆依然單身，那麼就結婚吧。」

「妳是連交往都沒有就被甩掉的那一個，應該是我有立場這麼提議吧。」

「不要拉倒！」

「這是不會實現的，學長會回來。」

娜娜學姊無奈嘆息，聳肩說：「當作避免其中一個人孤獨死的預防，三十五歲以後也繼續一起住吧。」

我搖頭苦笑，內心某處卻也開始想像起那樣的未來。

「約好了。」

娜娜學姊勾起嘴角，胡亂用手背輕輕打著我的臉，放聲尖銳大笑。刻意留長的指甲很銳利，讓我覺得臉頰或許多了好幾道血痕。窗外依舊傳來淒淒淋零的雨聲。今天的唇蜜是薰衣草的味道。

隔天是個萬里無雲的大晴天。

娜娜學姊抬起右手遮擋耀眼的冬日，神清氣爽地眺望景色。

昨日晦暗深沉的湖水此刻粼粼反射陽光，鑲嵌著石英的路面同樣閃閃發光，兩相輝映之下顯得相當漂亮。

「距離發車時間還挺久的，要去附近繞繞嗎？」

「這邊就是環湖步道……妳想去登山步道和小瀑布嗎？」

「嗯……」娜娜學姊雙手交環在胸前地苦思，接著說：「算了，找家地點不錯的咖啡廳點客早午餐消磨時間，好好放鬆、看看風景，吃完悠哉散步到車站，然後就回家吧。」

——那裡才不是妳家，是小米、學長和我的家才對。

內心這麼反駁，我並沒有將真心話說出口，只是單手抱著晒乾的粉紅色鯨魚布偶，另一手拉著行李箱，與娜娜學姊並肩走過鐵捲門依然深鎖的冷清商店街。

九、護照

最近得到店長認可，我開始負責烹煮湯品。餐廳提供的湯品是蔬菜濃湯、玉米濃湯和海鮮濃湯，共三種，有時候也會根據季節食蔬增加第四種。

擔任學徒也超過一年的時間，有種至今為止的努力得到認可的成就感。

這段時間，打工的新人又全部換了一批，都是高中、大學生。

看在他們眼中，我是待在這間餐廳資歷僅次於店長的正式員工。某次偶然聽見他們在休息室的片段聊天內容，似乎一致覺得我是木訥的前輩。

木訥。

如果學長聽見這個形容詞被套在我身上，肯定會捧腹大笑吧。

得到認可是很開心的事情，不過店長的指導也變得更加嚴格，負責湯品的同時依然得處理以往工作，下班之後幾乎沒有多餘的力氣去做其他事情，自然也不想煮菜。幸好娜娜學姊最近沉迷於手工的自製麵包，分量多到吃不完。

娜娜學姊曾經有過諸多興趣。在她搬入公寓以來就見過手織飾品、自製香精、占卜與攀岩，不過很快就感到厭煩，幾天就會停止，隔一段時間再度從零開始嘗試新的事物。

在麵包之前一個沉迷的興趣是刺繡。古典到甚至令我也湧現好奇心，然而如同其他興趣的成果，沾滿灰塵的繡線、繡花框和複寫紙被堆砌在客廳電視櫃抽屜，已經許久不曾使用了。

回過神來，公寓各處放著製作麵包的相關器具——擀麵棍、電動打蛋器、攪拌碗、各式量杯、矽膠刮刀刮板、麵粉篩、油刷、砧板，小型紅酒櫃旁邊甚至擺了一個專門烤麵包的烤箱。

原本就稍嫌擁擠的廚房變得連走動都頗為困難。我以為自己會感到憤怒，不過出乎預料地，只是平淡接受那些物品的存在。反正過幾天就會收起來了。

最初的時候，我對於娜娜學姊如此富有挑戰精神的更換興趣沒有多想，光是旁觀就感到筋疲力盡，差不多在攀岩的時候才隱約理解到那是某種發洩行為。只要在工作遇到不順心的事情，娜娜學姊會將休閒時間用來學習全新的事物，藉此不去想那些煩心事。

當我下班回到公寓，一開門就看見理當剛下班的娜娜學姊待在廚房流理臺，將袖口捲高到肩膀的，專心一意地揉捏麵團。

這次手工麵包的起因似乎是娜娜學姊在工作方面出了很大的差錯，不清楚詳情，只知道是會讓上司破口大罵、在公司當場哭起來的程度，接著兩天甚至被迫請假在家休息。看來這個興趣還會持續一段時間。

「那樣使勁揉麵團，手臂會變粗吧。」

娜娜學姊沒有理會調侃，繼續揉著麵團。

我端起桌邊擺滿牛角麵包的盤子，走到客廳沙發，隨口咬著。

娜娜學姊屬於很容易掌握訣竅的類型，高中成績總是校排前端，進入了頂尖大學，據說還有過到國外交換留學的機會，在學習以外的方面也是如此，至今為止的手織飾品、香精與刺繡都遠遠超過業餘水準。

尚未到達可以販售的程度，卻也相差無幾。

我吃著牛角麵包，凝視著沒有打開的漆黑電視螢幕，直到突然發現沙發微微下沉才意識到娜娜學姊坐在旁邊。她的手腕和衣角依然沾著些許麵粉，白白的。

娜娜學姊擅自將等待麵包烤好的這段時間稱為「Zone out Time」。直譯就是「發呆的時間」。

什麼事情也不必做，只要靜靜等待時間流逝就好。

「這次的手感如何？」我問。

「還不錯！烤好之後要幫忙吃喔。」

「已經三餐都吃麵包了，就算口味不同也會膩啦。拿去分公司的同事比較好吧？順便做人情。」

「那種麻煩事還是省省，天曉得那些勾心鬥角的傢伙會講出什麼難聽話。」

娜娜學姊的表情突然變得嚴峻，強忍怒意。

我意識到失言，陷入沉默。

「……工作還順利吧？」

如同我從來沒有主動過問娜娜學姊的私人生活，娜娜學姊也不能詢問過我工作方面的事情。話雖如此，從那場旅行過後，原先劃好的分界線逐漸變得模糊，我們都還在掌握距離感。

「算是吧。」

「學徒要當多久才有辦法自己出來開店？」

「五年左右。不過那是單獨負責烹煮料理，距離開店還很久。」

娜娜學姊不置可否地哼了一聲。

「對了，這個挺好吃的。」我舉起牛角麵包說：「妳剛才在廚房的背影真是一心不亂，看起來都像經驗豐富的師傅了。退休後有打算開一間麵包店嗎？」

「那四個字的成語不是中文吧？」娜娜學姊不答反問。

「咦？不是嗎？」

我皺眉拿出手機，開啟簡訊打出「一心」，鍵盤確實沒有自動出現「不亂」的選項。這個意外的發現令我感到萬分訝異，就像原本視為理所當然的事情被全盤否定了。

「那是日本的成語吧，記得好像聽他講過。」

娜娜學姊補充說，若有所思地將身子往後仰。

「……學長確實經常在口語當中夾雜了一些日文詞彙。」

「高三要準備考試的重要時期，他卻在教室光明正大看著日文小說，都被老師罵了還是照看不誤。要不是成績不錯，早就被沒收了。」

腦海清晰浮現那個畫面。我不禁莞爾一笑。

「我可沒有在誇獎他。」娜娜學姊沒好氣地說。

「學長在學校還發生過什麼事情嗎？」

「類似的事情嗎？可多了。」

娜娜學姊用數落的語氣開始述說，如同以往抱怨工作的時候一樣，卻也難掩懷念神情。

在學長搬出公寓不久，光是想到他的事情就會覺得心痛不已，胸口彷彿被塞住了，必須強忍淚水才不至於哭出來，現在卻能夠平靜討論。

人是一種習慣的動物。

學長曾經說過「遺忘」最令人感到害怕。

無論是多麼刻骨銘心、悸動不已的事情，隨著時間流逝終究會變得平淡，因此為了不讓我們之間的感情減弱消退，我始終待在這個匯聚最多回憶的公寓房間，如此一來，不管是洗衣打掃、煮飯睡覺等日常瑣事都可以憶起當初共度的美好。

我們兩人持續說著關於學長的話題，直到烤箱發出麵包烤好的「嗶嗶嗶」為止。

店長在關店前鄭重集合員工，表示要出國旅遊，從明天開始餐廳公休四天。

這個時候，我才知道店長離過一次婚，有個國小年紀的兒子。撫養權在前妻那邊，現在每個月只會見一次面，這次其實是他們母子的旅行，不曉得有什麼緣由，在昨晚臨時邀請店長參加。

情況相當突然，不過餐廳的正職員工只有店長和我，其他人都是打工性質，並不會造成嚴重影響。

突然多了四天假期是相當感謝的事情，我卻不曉得究竟該做什麼。

得知此事的娜娜學姊也跟著向公司請了四天假。猜測是知道我在公寓悠哉放假、自己卻要上班感到很不開心，不過我沒有深究理由。

原本以為娜娜學姊想要再去旅行，卻是多想了。

接下來四天時間，我們過得相當懶散，幾乎都待在客廳觀看學長收藏的超級英雄影集。這是我的提議，娜娜學姊原本興致缺缺，直到聽見那是學長推崇「此生至少要看過一次」的作品才轉變立場，露出毅然神色。

為了營造氣氛，我們將客廳的燈都關掉。公寓裡堆滿了吃不完的麵包，正好連烹煮料理的工夫也省了，搭配著下酒菜與果醬，偶爾吃膩了就叫外送。

其實我已經看過不下十多次，大部分的內容都記得，卻還是裝作第一次看的模樣，隨口回答著娜娜學姊的問題。

「這個角色剛才有出現過嗎？」「就是剛剛在街道擦肩而過那個人呀。」「這種登場方式一看就知道是反派。」「我去一下廁所。不用暫停。」「要幫你微波麵包嗎？」「嗯嗯。」「果然還是爆炸了……」「學長說過他特別喜歡這個登場鏡頭。」「很有他的風格。」「這樣講不通吧，劇情沒有矛盾嗎？」「花生醬的抹刀放在哪裡？」「現在幾點了？」「八點吧。」「那樣是早上還是晚上？」「不曉得耶。」「算了，放下一集吧。」

四天內的大部分對話都是如此，夾雜著哈欠與淺淺鼻息。

當影集結束最後一集，四天連假也即將結束。

我凝視著漆黑的電視螢幕，內心惆悵感傷，不知為何有點想哭。以往和學長、小米一起看過無數次了，卻還是首次湧現這樣的情緒。

「結局有點爛啊……不過大部分的影集都是這樣吧。」

娜娜學姊露出心滿意足的表情嘟囔著「大學後就沒有過得這麼懶散了」，起身走向浴室。

片刻，水聲嘩啦響起，聽起來是打算泡澡。浴缸的水積得很慢，娜娜學姊又是喜歡一邊洗澡一邊保養的類型，大概吧，總之會洗很久。

我將都是麵包屑的瓷盤拿到流理臺，接著拉開簾幕，前往陽臺。

夜空一片漆黑，雲絮是淺紫色的。

我倚靠著沙沙的鐵欄杆，過了好一會兒才發現今晚很安靜。沒有蟲鳴，沒有呼嘯而過的引擎聲，也沒有住戶的窸窣談話聲，於是我順其自然地閉起眼睛，放緩呼吸。

緊接著，四周逐漸變得喧鬧，細碎模糊的聲響斷斷續續地傳入耳膜，迴盪成清晰可聞的聲音。眼瞼內側有淡淡的淺藍色光輝流轉，然而每次想要看清楚的時候，光就會迅速移動。

許久之後，身後忽然傳來吹風機的聲響。我猛然睜眼轉頭。

娜娜學姊泡澡泡得臉頰發紅，坐在沙發邊緣吹著頭髮。肩膀披著碎花圖樣的毛巾。

在對上視線的時候，她動著嘴型說「換你了」。

我點點頭，但是繼續站在陽臺。

「仔細想想，我搬來這裡之後還沒有來過陽臺。」

娜娜學姊瞥了眼角落只剩下土壤的盆栽，用力伸了一個懶腰。

「一次都沒有嗎？」

「第一天有全部繞過一圈，那之後就沒有了。這裡視野又不好。」娜娜學姊抓住欄杆，前後微微晃動，「啊啊，一想到明天就上班就很煩躁，要不要乾脆辭職開麵包店啊……」

「我會去捧場的。」

「真是事不關己耶。」

娜娜學姊不悅咂嘴，轉身走到廚房又拿了一罐冰啤酒，「滋」地扳開拉環，仰頭灌掉大半。

我不曉得為什麼方才滿足的心情會驟然降至谷底，但也沒有詢問。

娜娜學姊坐到沙發，垂著頭不發一語，在我覺得她可能睡著的時候再度開口：「為什麼你不主動聯絡？」

「……什麼？」

「少假裝沒有聽清楚了，為什麼你不主動聯絡？現在的通訊軟體那麼發達，他好像也沒有換手機號碼，只要打通電話就可以說話了。這麼簡單的事情，為什麼拖了這麼久卻沒有去做？」

娜娜學姊拿起手機，展示性地左右搖動。我瞪著螢幕角落的蛛網裂痕，良久才從喉嚨深處擠出回答。

「不必了。」

話說出口，我才意識到自己其實想講「那樣沒有意義」，但是沒有改口。

娜娜學姊將手機往旁邊扔去。手機撞到了靠枕，順勢滑落地板，但是娜娜學姊沒有伸手去撿的意圖。

原本殘留在客廳的安穩氣氛瞬間蕩然無存，就像被猛然抽走似的。

「學弟。」娜娜學姊又喊了一聲，「你真心相信他會回來嗎？」

「是的。」

「真是愚蠢……」

娜娜學姊沒有等待回答，逕自踏入臥室。剩下半罐的啤酒仍然放在桌面，水珠折射出耀眼的光線。

「晚安。」我平靜地開口說。

我繼續站在陽臺，聽著身體和棉被摩娑的聲響。

即使現在鬧得不愉快，我想明天的我們依舊可以若無其事地相處吧。畢竟我們都是理智的成年人，而且只是平分房租的關係，對彼此生氣冷戰之類的舉動，不過是單純的浪費時間。

手工麵包的興趣結束同時，娜娜學姊就沒有在公寓過夜了。

偶爾露臉也相當匆忙，連喝杯咖啡的時間都沒有，稍微沖個澡或是躺在床鋪小睡片刻就離開了。依照娜娜學姊的個性，想必是將全副心神都放在工作上面，務求挽回不久前的嚴重失誤。

獨自待在公寓的時候，我總覺得準備一人份的料理相當麻煩，逐漸用便利商店的便當和冰箱剩餘的下酒菜、零嘴湊合解決。

夜晚，客廳的電燈沒有全部打開，在昏暗當中咬著乾癟癟的起司魷魚絲，桌面放著已經變溫的柳橙汁。電視播放著學長最喜歡的那部超級英雄電影。

那個時候，我們每個月至少會看一次。學長不管第幾次都看得相當專注，曾經想要認真跟我們講解背景故事和各種彩蛋細節，不過見我和小米都沒有反應就苦笑著放棄了。

這部電影有許多戰鬥場面，爆炸與火光持續閃滅，令眼睛隱隱作痛。

只有我一個人的公寓顯得異常寬敞，這個感覺越來越稀鬆平常，沉積在心底，彷彿打從搬入這裡的時候都是這麼度過的。

便利商店的便當不管換成哪種口味吃起來都差不多。我努力嚥下最後一口燉飯，走到廚房流理臺，旋開水龍頭隨意地沖洗盒內油漬，再將之疊到旁逐漸累積起來的塑膠小塔。

接著，我看見了貼在冰箱冷凍庫的三枚磁鐵。綠綠的，很不可愛。

那個關於磁鐵的比喻隨之浮現心頭。

我和學長其實很相似，因此才需要小米居中維繫。我們都不擅長應付單方面發洩的強烈情緒，也很擅長忍耐，隱藏真正的心思。學長是因為溫柔，不希望傷害到身邊的其他人；我則是因為膽怯，為了不讓自己受到傷害，總是在面對之前就選擇了逃避。

不過也正因為如此，我現在依然留在公寓。

「結果還是沒有舉辦過收集點數、兌換磁鐵的活動呢……」

我伸手輕撫過綠色的磁鐵。已經褪色的表面帶著油汙，摸起來黏黏的。

娜娜學姊曾經好幾次打算扔掉這三枚磁鐵，但是我沒讓她那麼做。

時間距離以往的就寢時間還有幾個小時，卻總覺得異常疲倦。

我簡單盥洗就躺到床鋪，正好瞄到在書桌一角的鋼筋支架、玻璃球和在底層滾動的球藻，忍不住坐到面前。

娜娜學姊有時候會將電燈全部關掉，湊著窗外月光，一棟也不動地盯著球藻猛瞧，據說這麼做能夠讓心靈恢復平靜。

雙手撐住臉頰，我坐在玻璃面前看了將近一個小時，依舊無法分辨究竟裡面的球藻是否活著，也沒有覺得心靈有變得平靜，只好悻悻然地往後躺到床鋪。

用力抱著粉紅色鯨魚布偶，我遲遲沒有睡意，左翻右滾的時候突然注意到，娜娜學姊那張床角落有著被床單半蓋住的物品。那是一本少女漫畫。

學長和我都不會看這類型的作品，可以肯定是娜娜學姊帶來的。

側身躺在床邊，我隨意翻閱。

隔壁的單人床空蕩蕩的，因此我轉了個身面向牆壁。腦海不停歇地浮現各種念頭，然而尚未成形就被覆蓋過去，聽著書頁翻動的聲響卻讀不進內容。

這個當下，我獨自一人，沒有學長低沉溫柔的搖籃曲也沒有娜娜學姊粗魯的鼾聲。胸口深處徘徊著某種淺淺的異樣情緒，然而在我分辨清楚之前，早已沉沉睡去。

今天在關店前打掃桌椅時，我收到了娜娜學姊的訊息。

「——想要見你。」

訊息相當簡短，隔著手機讓我湧現一股訝異的情緒。

我似乎不曾說過這句話。想要見你。在情侶之間是理所當然的臺詞，我和學長卻都不曾說過，情願用實際行動取代甜言蜜語。如果真對他這麼說，大概會瞪大眼睛好幾秒，隨即捧腹大笑吧。

訊息下方附著地址，簡單搜索的結果是一間居酒屋。

以前曾經嚮往著，成為社會人士下班後到鬧區巷弄的時髦店鋪小酌一杯，然而親眼見過學長被各種社交應酬折騰到疲憊不堪的時候，憧憬自然破滅了。

跟著手機導航，我走在人潮擁擠嘈雜的鬧區。

星期五晚上，許多店家門口都可以看到排隊候位的客人，以及聚成小圈圈的團體。

當我抵達目的地時，突然感到一陣沒有來的懷念，疑惑站在門口觀察好一會兒才注意到，牆邊擺放著一尊狸貓信樂燒，頓時想起這裡是曾經送錢包過來給學長的那間居酒屋。

回憶倏然湧現，鮮明且詳細，宛如發生在前幾天似的。

我對於這樣的巧合感到訝異，不過轉念一想，也或許是娜娜學姊和學長在挑選居酒屋的喜好相當接近。

走進店內的時候，我立刻和坐在角落二人桌的娜娜學姊對上眼。

「真慢耶。」

「抱歉，稍微迷路了。」

簡短寒暄過後，我坐在娜娜學姊的對面。

深褐色的木桌相當狹窄，光是放著開胃菜的小瓷盤就感覺滿了。

娜娜學姊穿著上班用的套裝。貼合身體曲線的白襯衫和靛藍色窄裙，偶爾會在早晨的公寓看見，不過在戶外街道看見這身裝扮的娜娜學姊還是第一次。我忍不住多看了好幾眼，想要抹消那股違和感。

娜娜學姊平靜喝著日本酒，沒有主動開口說話。

店內已經客滿，如同上次來的時候，到處都是熱情愉快的聊天。廚房內場不時飄出現做料理的香氣，伴隨著熱氣與煙。

「這家店是我的祕密基地。你是第一個被招待的人。」娜娜學姊這麼說，語氣帶著笑意。

「那可真是我的榮幸。」

我露出發自內心的微笑。

那之後，我們聊著電影、最近聽的歌曲以及從日本遠道而來的美術特展，搭配烤到好處的微焦雞肉蔥串和牛肉丸子，店內的氣氛令我感到放鬆愉快，不自覺地左右搖晃身體。

很有默契的，我們沒有再提起那些不會有交集與結果的對話，我也沒有詢問「為什麼想要見我」。

那樣太不識趣了。

娜娜學姊始終保持高昂的情緒，喋喋不休。話題主要圍繞著最近推出新款的指甲油，說是在公司找人想要各買兩組不同的系列然後交換使用，同事們卻大多興致缺缺，隨後開始慫恿我出錢合資。

意外的，我並不討厭這種任性要求，苦笑婉拒。

前去洗手間的時候，我發現轉角的木櫃擺滿寫著日本漢字的空酒瓶。單看詞彙都可以順利唸出來，卻依然不曉得是什麼意思。學長以前在讀日文小說也偶爾會突然唸出聲音，表示那樣和單純閱讀是截然不同的兩種感受。

直到現在，我依然不理解那是什麼意思。

回到座位後，我注意到隔壁桌的客人，從兩位身穿西裝的上班族男性換成一對大學生情侶。兩人如膠似漆地緊貼彼此，肩並著肩共飲一杯調酒。

「最近呀，我和那傢伙開始無話可說了。你不覺得很誇張嗎？無話可說耶，連一個都想不出來，明明兩個人待在同一個空間卻覺得彆扭……和你的話不管怎麼樣都有話題可以聊，你覺得為什麼會這樣？」

那傢伙是娜娜學姊對於男朋友的稱呼。不管現任或前任都是。

前幾天，娜娜學姊下班繞過來公寓拿大衣的時候，我注意到她戴上了耳環，當時就猜到一二了。專注於工作的娜娜學姊相當耀眼，散發著旁人都不由得投以視線的光采，很快就受到追求也不是太過奇怪的事情。

話題變換得太過突然，我一時沒反應過來，只好回以習慣的「嗯嗯」兩字。

「再敷衍呀。」

娜娜學姊冷哼，一口氣咬掉兩顆雞肉丸子，將焦黑色的竹籤扔回瓷盤。

我舉手向店員示意，加點了一輪餐點和一杯啤酒。

啤酒自然是替娜娜學姊點了。這個小舉動再次令娜娜學姊的心情好轉，攬住我的頸子將我往前拉，迅速親了臉頰之後鬆開手，露出宛如孩童的純真笑容。

「今天呀，其實是我的生日。」

「是嗎？生日快樂。」我恍然大悟地頷首，內心不知為何鬆了一口氣，接著急忙補充：「等會兒繞路去買個生日禮物吧。只要別太貴的都行。」

「不必了。」

娜娜學姊笑得很開心。塗著鮮紅唇蜜的嘴唇泛著油光，毫不在意地露出牙齦。

當加點的料理上桌，娜娜學姊很開心地喝得更快，很快就醉得無法順利羅列文字，斷斷續續說著聽不懂的內容。

由於待在外面，娜娜學姊沒有胡亂親人，卻依然要求講著關於學長的話題。在喧嚷晦暗的店內，我緩緩說著第一次替學長慶生的經過。出乎意料地發現記憶鮮明無比，每個細節都歷歷在目——倒映在學長眼中的熠熠燭光、發自內心的笑容、掩飾害羞的神情。

四周在不知不覺間變得很安靜，談話聲、酒味與菸彷彿都被隔絕在外面。有種回到那個時光、那個公寓角落的氛圍。

「——你和他其實挺像的。」娜娜學姊突然這麼說。

我猛然回神，感受著倏然充斥身邊的各種雜音，凝視她沾在嘴角的醬汁。

「是這樣子嗎？」

「但是本質不同，完全不同……他很溫柔，屬於那種願意為了他人犧牲自己的類型，你的話、的話……」娜娜學姊的語調突然轉低，嘟囔了好一會兒才猛然抬起頭，漲紅著臉喊：「怯弱！沒錯，就是這個詞彙！」

胸口閃過一陣惱怒，不過很快就轉為無奈。

娜娜學姊的言語總是尖銳且一針見血，即使醉了也是如此。

我苦笑著拆開桌邊的溼紙巾，伸手幫忙擦拭。娜娜學姊不悅左右扭頭，躲著我的手，很快就忘了這個話題，笑著問起學長那輛用第一份薪水買的機車以及坐在後座的感想。

在付帳的時候，娜娜學姊嘗試了好幾次才從手提包取出皮夾。

「喂，學弟，這個拿去付帳。」

「知道了。」

我接下皮夾，伸手繞過娜娜學姊後背，將之扔回手提包。

畢竟是一年一度的生日。

踏出居酒屋後，我訝異發現外面的空氣如此燥熱。娜娜學姊發出「唔唔」的聲音，眷念轉頭望向充滿冷氣的店內。我只好拉起她的手腕。

「對了，那隻很可愛吧。臉好好笑。」

隨口解釋的娜娜學姊挽住我的右手，整個人倚靠過來，望著旁邊的狸貓信樂燒。酒氣未散的表情顯得嬌媚萬分。在熙攘熱鬧的街道，我們倆成為城市鬧區夜晚的一部分。人群杳雜、車聲鼎沸，絢彩華麗的霓虹燈徹底蓋過了星空的光芒，將視野所及之處都染上繽紛且庸俗的色彩。

走過好幾個街口，我注意到附近出現不少背著吉他的少年少女。他們穿著相同的隊服或戴著一致的配件，各自在街道角落聚成一團，高聲嬉笑打鬧。

「這、這裡經常見到高中生，挺多的，都是樂團之類的……他們好像還會自己錄製ＣＤ販售。這邊再過去的大樓地下室基本都沒有作用，商業大樓一樓也不能租給餐廳，乾脆出租給他們拿去當表演場所，好、好像叫做那個……Live

House什麼的。」娜娜學姊開口介紹，似乎想要炫耀自己相當瞭解這附近，「偶爾也會有人跑進公司兜售門票，連基礎的禮節都不懂。如果換作我遇上那種情況，肯定二話不說直接叫警衛。」

「妳的公司在附近嗎？」

「要走一小段距離。」

「妳不覺得他們那種一心追求夢想的人挺帥氣的嗎？」

我隨口詢問，透過多重裁切的玻璃反射望向三名背著吉他袋的少女。她們的右眼下方有著漆黑的愛心。究竟是紋身貼紙還是刺青就看不清楚了。

「帥氣？沒有認清現實的魯莽更加貼切吧。」娜娜學姊不屑冷哼。

這麼說起來，娜娜學姊其實是相當現實的類型。選擇最低風險的道路，謹慎小心、步步為營就是她的生存之道，至少就我所知，她從來不曾買過彩券。

她不會將希望寄託在縹緲不定的事物上面。

我沒有問過娜娜學姊的夢想是什麼，因為總覺得會聽見令人失望的現實答案。

「——所以這個就是妳以前經常過來公寓的理由啊。」

我突然意識到這點。

「什麼？」娜娜學姊抬起臉，近到鼻尖幾乎相觸。

我搖搖頭，接著想起了馬尾小妹。

那些與馬尾小妹相關的記憶已經被埋沒在腦海深處，依稀記得最後一次兩人共同上班的時候，她用隨口帶過的語氣告訴我打算辭職的念頭。說是想要趁著出社會前的最後時光好好拚搏一次，辭掉所有打工倚靠存款度日，終日埋首樂隊練習期待能夠闖出一番成績。

馬尾小妹從來不肯告訴我任何關於樂團的資訊，儘管如此，我依舊從平時的閒聊推測出她待在一個叫做「vEGA4」的樂隊。

我曾經在網路搜尋過這個名稱的含意，結果發現是織女星的英文。同時，還有「墜落的鷲」的含意，而後面的4大概表示著樂團成員的人數吧？我這麼猜測。

娜娜學姊與馬尾小妹正好是處於兩個極端的類型。

經過這些年，馬尾小妹依然持續在彈奏貝斯、試圖將夢想納入手中嗎？

源自於好奇心的衝動攫獲手腳。我說著「等我一下」，鬆開娜娜學姊的手跑向一群似乎剛演奏完的樂隊。成員的年齡看起來很小，大概都是高中生。

「不、不好意思，我想找個人。」

在他們疑惑好奇的目光當中，我說出馬尾小妹的本名以及vEGA4的樂團名稱。

那群瀏海挑染成五顏六色的青少年彼此對視，無奈聳肩。

「找樂團的話，應該先用網路搜尋吧。」

「那個很有名嗎？」

「沒聽過。」

一位個子嬌小、右眼下方貼著愛心貼紙的女孩好心地告訴我某個APP，據說可以查詢一個月內即將舉辦的所有 Live 活動和參加樂隊。在愛心女孩的好心指導和其他成員七嘴八舌的情況下，我像是個從未接觸過電子產品的過時大叔，按照指示安裝好APP，輸入的 vEGA4 名稱後卻顯示「查無資料」。

向他們躬身道謝後，我握著手機，踱步走回娜娜學姊身旁。

「難道你以前也玩過音樂？拿什麼樂器？」娜娜學姊斜眼問。

「怎麼可能。」我搖頭回答。

回程的時候娜娜學姊不再挽著我的手臂，一個人領頭踏出腳步。

喀、喀、喀。

高跟鞋的鞋音凜然且孤獨。

總覺得我們似乎回到了很久以前。舌尖仍然殘留著淡淡甜味的燒烤醬汁。再次用「vEGA4」做為關鍵字搜尋，同樣獲得「查無資料」的答覆，我遲來地想起擁有馬尾小妹聯絡方式的自己，根本沒有必要偷偷摸摸地這麼做，於是移動手指將ＡＰＰ刪除。混在人群中的感覺讓我很安心，繾綣溫暖，懷念當中也帶著些許悲傷。

星期三。

在打掃的時候，我發現了一本護照。

收拾完早餐的餐具，我仔細地用掃把將地板的碎屑和毛髮掃起，哼著不成歌曲的小調。確定每個角落都沒有灰塵之後，我想到很久沒有整理櫃子抽屜了，依序將胡亂塞在電視櫃下層的雜誌、傳單全部放到壓克力桌面。

接著，我在抽屜底層發現了那本護照。

用著透明夾鏈袋仔細收妥，表面似乎泛著光澤，深綠色的護照。

我先將之放到信用帳單信封、廣告傳單和超市型錄的旁邊，將那些紙類一樣一樣看完之後再扔進垃圾桶，直到照入客廳的陽光從沙發移動到角落才深呼吸一口氣，準備面對這個意外之物。

用著宛若宗教行為的莊嚴動作，我緩緩從夾鏈袋當中取出護照，翻開就看見學長的照片。青澀俊秀，如同記憶當中的學長。

我坐在地板凝視照片，用手指撫摸著質地輕盈而堅硬的紙頁，許久才回神。學長相當細心，不可能在搬家的時候漏掉這麼重要的物品，電視櫃最下層的抽屜也不是收著護照的合適場所。

基於逐漸湧現的衝動，我沒有細想就拿起錢包、鑰匙和手機，連同那本護照離開公寓。

豔陽高照，今天是一個晴朗的好天氣。

離開公寓前庭，我走在人行道，隨意打量街道兩側的服飾店、速食店和便利商店。

出乎意料的，明明是平日上午，外交部領事事務局卻擠滿了人。職員與義工忙碌地走動。

我等了好一會兒才有機會向義工詢問申請流程，似懂非懂地領了表格，依序影印完身分證、拍完證件照，待在角落的櫃子一邊填寫著表格，一邊剪剪貼貼。

文具盒的旁邊是一疊宣傳紀念郵票的傳單。上頭印著二頭身百步蛇，這個時候，我才遲來地想起今年的生肖動物是蛇。

日本的生肖動物有兩種比較特別，他們將羊定義為綿羊，將豬定義為山豬。記得第一次聽見這件事情的時候，正好是豬做為生肖動物的那一年，我隨口說了山豬似乎比較可愛，學長就跑遍了整座城市，好不容易才在日式超市找到以山豬為雛型的年節用品。

話又說回來，那樣商品究竟是什麼，我如何回想也無法浮現輪廓。

對於自己的記憶力發出苦笑，我繼續寫著表格，對照著手機的申請說明書，確認幾次沒有遺漏，正要前往排隊的時候才想起來應該要先抽號碼牌才是，懊悔地拿著薄薄紙張，坐著等待。

「第一次申請護照嗎？」櫃檯小姐微笑詢問。

「是、是的。」

我不知為何很緊張，擔心某些資料會出錯，忐忑等待許久才繳費，結束申請流程。

六天後就可以過來拿了。

一千三百元，這個金額就可以拿到護照。

這是近來最令我訝異的一件事情。

六月。

吹過陽臺的風已經相當悶熱，帶著溽暑的預兆。

晒完棉被的我憑靠著欄杆，沒由來地想起這是畢業的季節。白得眩目的積雨雲在遠處緩緩爬升，看起來傍晚應該會下雨。我順手拍了拍棉被，轉身走回客廳。

屋內飄盪辛辣濃郁的味道。

最近放假不曉得該做什麼打發時間才好，正好昨天在網路搜尋到叉燒肉的食譜，心血來潮地出門購買食材，嘗試平常在餐廳沒有機會製作的料理。

我站在瓦斯爐前方，用湯勺翻動浸泡在深褐色滷汁的肉捲。

娜娜學姊已經許久不曾來公寓過夜了，甚至連短暫來訪也沒有。

原本以為是工作繁忙，不過她的社群軟體帳號依然有持續更新，判斷只是單純沒有前來。

一個人起床，一個人吃飯，一個人出門上班，一個人待在客廳消磨時間並且一個人就寢。

這是原先的計畫。只要娜娜學姊有將房租定期匯到戶頭即可，現在卻感到有些落寞……仔細想想，其實我早就可以自行負擔房租了。

待在公寓的時候幾乎不會說話，畢竟沒有說話的對象。

我有時候會覺得喉嚨癢癢的，用力清著喉嚨。

當天晚上，我將煮好的叉燒肉肉捲切成片，配著白飯簡單解決晚餐。剩下的滷汁放涼後放入冰箱留著下次使用。這是網路食譜所寫的祕訣。

又看了一次學長最喜歡的超級英雄電影，好好泡澡，睡前躺在床鋪抱著粉紅色的鯨魚布偶，翻閱著一知半解的日文小說，直到耐不住睡意。

就這樣又度過了一個極其普通、沉靜且平凡的夜晚。

在我幾乎要徹底習慣一個人的生活，娜娜學姊彷彿覷準時機似地再次來訪。如同夏末吹拂的強風，又快又急。

「剛好順路經過這附近。」站在門外的娜娜學姊靦腆地露出笑容，「幸好你在家，來的路上我還在擔心如果你沒有放假該怎麼辦，白跑一趟實在很浪費時間。」

「星期三我都休息。」

「還是有例外嘛。」

「話說妳的鑰匙呢？」

娜娜學姊聳著肩膀沒有回答，逕自側身進入。

上次在公寓客廳見到她已經是許久之前的事情，這段空檔讓我無法拿捏對應的分寸，不曉得要將她當成客人招待還是當作同居人相處，最後假借自己也要喝咖啡，泡了兩杯。

「謝謝。」

娜娜學姊輕聲道謝，單手拿起馬克杯小啜一口。

她穿著有蕾絲邊緣的上衣和長裙，淺綠色的裙襬剛好碰觸到沙發底層，並不是工作的裝扮。共同居住了這麼久的時間，直到現在才首次見到娜娜學姊穿著長裙。

那個瞬間，我察覺到某種特殊氛圍。如同上次將頭髮剪短，娜娜學姊做出了重大決定。

咖啡的香氣搔弄著鼻尖。

我們兩人靜靜喝著咖啡。為了避免尷尬開啟的電視正好播放著超級英雄的電影。我和娜娜學姊曾經一起看過，不曉得是不是版本不同，總覺得某些臺詞細節與學長收藏的光碟有些差異。

出現廣告的時候，娜娜學姊瞥了眼遙控器，但是並沒有伸手去拿。

直到馬克杯見底，只剩下深褐色咖啡渣殘留在角落，娜娜學姊才再度開口。

「應該還有更好的處理辦法吧。」

「……什麼？」

「剛才那段劇情啊，你沒有在看嗎？」

「抱歉，稍微發呆了。」

娜娜學姊搖搖頭，逕自起身說：「我們出去走走吧？」

我不置可否地聳肩，起身走回臥室換成更加體面的服裝。

數十分鐘後，我們來到位於隔壁城鎮的大型購物中心。平日午後，卻因為中央廣場正在舉辦某項活動，架設著巨大充氣氣墊和數個攤位，人滿為患。許多推著娃娃車的年輕媽媽們圍坐在花圃造景的矮牆，看著自家小孩在大型氣墊裡面又蹦又跳。

換作以往，娜娜學姊應該會加快腳步，避開人群，此刻卻反而駐足盯著那群媽媽們，直到注意到我的視線才有些不好意思地重新邁步。

不同於記憶，購物中心多了許多新店鋪，大多是外國品牌。我對於店名隱約有些印象，然而倘若詳細詢問位於哪個國家、販賣何種商品就無法回答了。在這方面，娜娜學姊顯然比我瞭解更多，即使是看起來像法文、西班牙文的店名也能夠流暢唸出來，隨口發表幾句關於新產品的感想。

逛過一層樓的店面，我才想到不曉得娜娜學姊要買什麼，姑且提議到咖啡店稍作休息，然而被輕描淡寫地拒絕了。

娜娜學姊繼續瀏覽著櫥窗商品，和我並肩前進。

最後我們花了三個小時將購物中心的每家店鋪都逛過一次，什麼東西也沒有買。回到公寓的時候已經很晚了。

明明和下午是差不多的情況，現在卻覺得很輕鬆，我心想。微笑禮讓娜娜學姊先去洗澡，然而她搖頭婉拒，逕自坐在沙發後用眼神示意跟著坐下。

我假裝沒有察覺她的眼神，繼續待在廚房，打開冰箱檢察庫存，一邊計算剩餘的食材是否足夠煮出兩人份的晚餐一邊揣測來意。

片刻，娜娜學姊用無法忍耐的平靜嗓音開口。

「我們復合了。」

由於不曉得她想要表達什麼，所以我保持沉默，繼續瞪著冷藏室的胡蘿蔔。

「我們好好地談過了，關於未來、彼此和至今為止隱忍妥協的事情，談了很久，最後還是決定繼續交往。不如說，甚至開始考慮結婚的事情了，順利的話，月底就會舉辦儀式。」

「真快呢。」

第一次聽見這件事情，不過內心意外平靜。就像得知了早就預想到的事情。

「我也這麼覺得……不過該說是順勢而為才好，又或者為了證明某些事情才好，我們倆都認為應該要盡快結婚。」

娜娜學姊有些落寞地環顧四周，用指尖搓著破舊坐墊邊緣的脫落毛線。

我走回客廳，站在沙發後方。

娜娜學姊沒有轉頭看我，仍舊撥弄著毛線。

「我覺得直接去公證就好，省得花那些錢，不過他很堅持這點。」

「至少要穿上婚紗啦，機會難得。」

「瞧你說的。」娜娜學姊搖頭失笑：「雖然現在我也覺得辦場婚禮比較好，有種自己確實結婚的踏實感，算是對於過去生活的訣別吧。到時候也得跟這裡說再見了……事到如今果然會覺得有點捨不得呢。」

娜娜學姊從手提包取出公寓的大門鑰，放到壓克力桌面。

「恭喜妳了。」

「謝謝。」

娜娜學姊的語氣和態度都沒有變化，我卻忽然覺得我們之間產生了上一秒尚不存在的隔閡。思索著何時我開始使用「我們」這個詞彙指示自己和娜娜學姊，我用同樣平靜的嗓音開口。

「看見認識這麼久的份上，我會包個紅包去參加婚禮的。」

「需要替你準備一個特別的位置嗎？還是乾脆直接來坐主桌。」

「拜託饒了我吧。」

娜娜學姊無法抑制地彎起嘴角，笑得相當幸福。

這麼說起來，娜娜學姊就是六月新娘了。

國中時期聽同班的女生說過，這是最適合結婚的浪漫季節，也有「April showers bring May flowers. May in June.」——四月雨帶來五月花，然後在六月結婚的說法。

學長提過六月新娘的典故源自於天神宙斯的妻子朱諾，她擁有著美貌、和善與慈愛，只要在六月結婚，新娘將可以獲得幸福。儘管如此，我卻對於他刻意忽略朱諾善忌的個性這點感到不以為然。

在這段對話的數天後，娜娜學姊正式搬離了公寓。

由於娜娜學姊特地請假，花了一整天的時間請搬家公司幫忙，當我下班回到公寓的時候已經看不到她的私人用品了。

掛滿各種衣服的衣櫃空蕩蕩的，紅酒櫃和烤箱都被搬走，只剩下留在地板的淺淺灰塵痕跡。洗臉臺的電動牙刷、碎花圖樣的毛巾、玻璃酒杯、化妝品、維他命藥罐、少女漫畫以及一直擺在臥室桌邊的球藻也都被帶走了。

公寓顯得寬敞、安靜且孤單。

習慣性地坐在沙發一側的我忽然想到旅行時的日式旅館房間，她似乎提議過如果我在三十五歲依舊單身，我們就結婚的玩笑話。是的，玩笑話。

拿起放在壓克力桌面的鑰匙，將之結到自己的鑰匙圈，我用食指穿過中央的圓環，放到眼前仔細端詳。娜娜學姊的那把鑰匙前端有些彎曲，呈現一個漂亮的弧度。

儘管知道這件事情，看著床單被剝掉的單人床，內心依舊湧現出啃咬著胸口內側的麻癢感，彷彿在光線充足的寬敞美術館內凝視赤裸裸的藝術品。我偏移視線，正好和擺在床頭櫃的粉紅色鯨魚布偶對上眼。

手腳並用地爬上床鋪，我用力抱住，感受那份抵在胸口的緊實觸感。

「又回到原本的狀態了呢……」

粉紅色的鯨魚布偶沒有回答，只是用漆黑渾圓的眼睛凝視著我。

十、婚禮

今天是娜娜學姊舉辦婚禮的日子。

月曆用紅色簽字筆畫著大大的紅圈。值得慶祝的紅圈。

尚未天亮就醒來的我坐在床鋪邊緣，花了好些時間才走到客廳泡咖啡。

我挑了一片年代有些久遠的超級英雄電影，途中頻頻確認時間，實在看不進內容，只好趕在超市剛開門的時候，出門買了做為午餐的牛排、馬鈴薯和現成的生菜沙拉。

回到公寓，我花了些時間料理。滋滋作響現煎的馬鈴薯變成略為烤焦的深褐色，飄出奶油香氣，相較之下，牛排就顯得遜色。果然自己的廚藝還有待鍛鍊。

填飽肚子的我坐在沙發，凝視掛在牆面的時鐘秒針。

滴答、滴答、滴答。

腦袋睡眠不足，很快就被時鐘富有規律的聲響弄得昏沉沉的，舔著嘴唇似乎依然能夠嘗到牛排醬和烤焦奶油的味道。

氣溫偏涼，然而沒有風吹入室內。

我似乎睡著了，再度回過神來，發現當作居家服的運動衫就被汗水浸得黏答答的，只好進浴室沖洗。沒有使用洗髮精和沐浴乳，單純用清水沖洗身體，直到感覺手指末端的皮膚要泡脹的時候才扭緊水龍頭，裸著上半身走回臥室。

在畢業前夕，我用著打工的存款，模仿學長在同一間服飾店訂做了西裝，不過成為學徒之後一次都沒有穿過，現在是首次派上用場。

這些年來都沒有長高，訂做的西裝依然很合身。

我再度走回浴室，照著鏡子拉挺衣領，扣好袖子。

「有種反而是自己被西裝穿著的感覺……」

對著鏡子喃喃自語，我撥弄了好一會兒瀏海才注意到時間差不多了，順手拿起掛在衣櫃的西裝外套，將放在壓克力桌面的錢包和手機收入口袋，離開公寓。

舉辦婚禮的餐廳位於市郊。

學長喜歡騎機車，娜娜學姊則是買了一臺小車代步。在這方面，我即使花費更多時間也傾向搭乘大眾交通工具，不管是公車、火車或捷運，搖搖晃晃地倚靠窗戶，半放空地欣賞街景。

我很喜歡那段時間。

搭乘著公車繞過大半市區，下車後又走了好一段路，我依靠導航抵達那個綠意環繞、充滿歐洲鄉村風情的莊園餐廳。

庭院外側有著由石磚堆砌而成的矮牆，細心保養的草坪呈現翠綠色，在陽光照耀下閃閃發亮。斜屋頂和煙囪的建築物呈現L型圍繞著庭院草坪，紅瓦磚牆可以看見時間流逝的痕跡。

信步踏入庭院的鋪石道路，我發現有一輛漆成純白色的馬車車廂擺放在角落，然而左顧右盼並沒有看見馬廄或馬匹，看來不是某種表演，只是單純的裝置藝術。馬車車廂的不遠處則有一道米色外牆，牆面用琉璃鑲嵌出羽翼的圖案，高度正好位於身穿高跟鞋的女性背部。

娜娜學姊發布在社群網站的某張婚紗照就是那個背景。那張照片的娜娜學姊露齒微笑，非常漂亮。

此時此刻，有好幾名女子待在那裡拍照。

建築物大門旁邊是簽到區，擺放著幾張長桌。不少賓客都待在那邊，如果發現認識的人就笑著上前攀談。我也認出幾位應該是籃球校隊的成員。

意外發現有一些人都穿著簡便的襯衫與深色牛仔褲，我暗自疑惑自己的裝扮是否會過於正式，排著隊伍，在賓客簿簽名，將紅包交給工作人員就進入婚禮會場。

冷氣的溫度調得極低，我不禁挺直脊背。

這場婚禮是自助餐的形式，已經有不少料理、甜點都擺放妥當。

我的座位是女方的高中同學，學年不同，並沒有見到熟識的同學。雖然認得那幾位和學長一起打球的夥伴卻也僅止認識，對方應該連我的名字都不曉得。

找了個角落坐下，我半發呆地凝視著眼前畫面。

互相寒暄歡笑的賓客、忙著備菜的服務員、依序帶位的工作人員、裝飾華麗的歐風會場。天花板的大型水晶吊燈閃閃發亮。在人群當中並沒有看到身為新娘的娜娜學姊，不過這也是理所當然的。

不知不覺間，座位幾乎都坐滿了，在司儀的開場白當中，婚禮正式開始。我是娜娜學姊的學弟。並不是籃球校隊的。我也有看到，那張婚紗照真的很漂亮。高中的娜娜學姊是一點紅的校隊經理，很受歡迎的。是呀，聽說他們交往很久了。我微笑回應著同桌客人的問題，端著瓷盤排隊夾菜。

片刻，身穿潔白婚紗的娜娜學姊在父親的陪伴之下，優雅進入會場。熱烈的掌聲響起，我急忙跟著鼓掌。

這個時候，我才第一次見到新郎的模樣。

娜娜學姊的前男友……或者說丈夫，是一位略為發福的男子。頭髮兩側都剃得極短，令寬大的臉龐更加明顯，看起來敦厚老實，有些膽怯懦弱，卻像是會將全副心思都放在家庭的好丈夫類型。我這麼想。根據身旁賓客的談話，他在金融機構擔任主管。

在司儀的介紹當中，我們觀看了兩人相識過程的投影片，聽著雙親與單位主管的致詞，朋友們拍攝的祝賀影片。活動之間的空檔，賓客們隨意走動，取餐聊天。

會場播放著輕柔的鋼琴音樂。我簡單拿了烤牛肉片與蔬菜沙拉，坐在位置用叉子輕輕戳著，思考為什麼沙拉沒有娜娜學姊最喜歡的起司。

「——喲，好久不見了。」

我緩慢卻確實地轉動頸子，抬頭看著站在身旁的學長。

他稍微瘦了，令五官輪廓變得更加洗練，有種滄桑中閃爍金屬般光澤的感覺。我忍不住從頭到腳緩緩端詳著眼前的學長，尋找著與記憶當中不同的差異……肩膀更加寬闊，下顎蓄著短短的鬍碴。儘管如此，他依然是自己所熟悉的那位學長。

「好久不見。」我用著比自己想像中更為冷靜的態度，微笑回應。

「我想過微乎其微的機率，卻還是不覺得會在這裡遇見你。為什麼娜娜會邀請你來參加？你們的關係不太好吧？」

學長的語氣的確帶著驚喜。

「自然而然。大概吧。」

學長點點頭，沒有追究，而是說：「西裝很帥。」

「比不上學長啦。」

「最近過得如何？」學長接著問，坐到旁邊的空椅子。

我緩緩說著分別之後發生的事情——與娜娜學姊分租居住，在打工的餐廳擔任學徒，公寓前庭的櫸樹有一棵在上次颱風被吹倒了，申辦了護照，過來這裡的時候有些迷路。有很重要的事情，也有微不足道的小事。

學長興趣盎然地聽著，不時插話詢問。從西裝袖口露出的手腕依舊骨骼分明，是我記憶中的手腕。發現這一點之後，最後懸在心頭的些許不安隨之煙消雲散。

我們聊了許久，直到會場傳來麥克風開啟的聲響。音樂也切換成爽朗輕快的民謠小調。

「看來到新郎、新娘各桌敬酒的時間了。」

學長邀請我到他的桌次繼續聊天，然而我婉拒了。

學長有些訝異地挑眉，不過很快就恢復笑容，轉身離開。

我繼續坐在原本的位置。左右都是不認識的陌生人，他們感慨談論著我所不認識的娜娜學姊和她的丈夫，那些印象和我知道的娜娜學姊有某些部分重疊，大部分卻都是初次耳聞。

當娜娜學姊來到我的桌次時，她訝異注視著我，情緒高漲地喊：「學弟，你來了呀！」

「畢竟說好了。」我端起玻璃杯，用不純熟的姿勢輕撞杯緣，「恭喜學姊結婚了。」

「謝謝。」

娜娜學姊的丈夫禮貌性地向我頷首致意，我也急忙回禮。娜娜學姊附在他耳邊不曉得說了什麼，令丈夫露出饒富趣味的表情，微微瞪大眼端詳。我急忙再次頷首。

「婚宴之後有一場比較輕鬆的聚會，就在附近的餐酒館，都是國中、高中的熟人，一定要參加喔！我等等將地點傳給你。」

娜娜學姊沒有等待回答，漾起笑容挽起丈夫的手臂走向隔壁桌。

婚禮進行得相當順利。

不知不覺間就來到最後丟捧花的環節，賓客們紛紛聚集到庭院。

這個並非一般婚禮的既定項目，或許是娜娜學姊的要求，司儀在婚禮進行中數次提醒餐宴結束後，會在戶外舉行拋捧花的活動，請未婚的女性賓客務必把握機會，前往參與。

外面已經天黑了，夜空可以看見稀疏的星星。黃銅的庭院燈將草坪染成與方才截然不同的景致，那道有著天使翅膀的牆面也打上了兩盞燈，閃閃發光。

戶外音響播放著輕快音樂。

我站在純白色馬車旁邊，看著年輕的女性賓客們以及好幾位小女孩圍成弧形，難掩興奮地等待。不少人都露出勢在必得的神情。

換上紫紅色露背婚紗的娜娜學姊，雙手持著白色與粉色玫瑰的捧花，在丈夫陪伴下走到庭院舞臺。

娜娜學姊笑得相當幸福，令我也不禁勾起嘴角。

「——怎麼？沒有去接捧花嗎？」

尋聲望去，我看著學長「喲」了一聲，半舉起右手打招呼。他拖著皮鞋，在草皮發出沙沙聲響，踱步走到我的身邊。

「我可沒有勇氣踏入那群女士當中，而且就算搶到了又如何？」

「說不定能夠得到好運之類的。」

「那算什麼啦。」

學長輕笑幾聲。我垂下視線，隨即注意到他穿著那雙熟悉、有些磨損的皮鞋。當初我們兩人一起去選的皮鞋。

「真是一場不錯的婚禮。」

學長面帶微笑地做出評價。這是我首次受邀參加的婚禮，缺乏比較基準，卻也覺得幸好有來參加。

「之後有預定嗎？」

「沒有。」我猜到學長想要說什麼，卻還是詢問：「有什麼事情嗎？」

「改天找個時間去喝一杯，就你和我兩個人……你說過幾乎不會忘記我們的約定，對吧？」

學長笑著勾起嘴角。

「現在履行吧。」

語氣彷彿這些年來我們從未分離。

☽

空氣能夠聞到某種奇妙味道，我認為那是即將來臨的溽暑預兆。今天是一個幾乎沒有風的夜晚。雖然已經脫下西裝外套，汗水依舊將白襯衫浸溼成半透明，黏在後背。

舉辦婚禮的莊園餐廳原本就位於郊區，附近的街道都相當安靜。我和學長並肩行走，並沒有刻意配合彼此的步伐，信步往前，隨口聊著無關緊要的事情。

只要稍微偏著視線便可以看見學長的鎖骨和寬闊肩膀。

「沒想到已經可以聽見蟬鳴了。」學長伸手撩開瀏海，指向街道不遠處的便利商店，詢問：「繞過去買支冰棒吧，忽然很想吃。晚上也太熱了。」

我不置可否。學長隨即攬住我的肩膀，興奮邁步。

靠近自動門的時候，學長下意識地揮手往旁邊搧，發出愜意的吐息享受迎面撲來的冷氣，悠哉走到放置冰品的冷凍櫃前，俯身挑選，花了不少時間買了一支便宜的瑞士巧克力冰棒。我認為冰品只會越吃越渴，早早就拿了一瓶柳橙汁，在旁邊等待。

「你還真是喜歡那個。」學長打趣地說。

這個時候，我遲來想起娜娜學姊說過婚禮後二次聚會的邀約。不過都已經翹掉了也無可奈何，等到回家後再傳個訊息向她道歉吧。

付完帳後，學長蹲在便利商店的落地玻璃外面，我束手站在旁邊。右手的食指和中指扣著寶特瓶，關節傳來被硬物傾軋的微微刺痛感。

眼前是城市的主要道路，即使夜深了，車潮仍舊川流不息。

車燈伴隨著引擎聲響，持續呼嘯而過，在視野拖曳出一道又一道的刺眼痕跡。

學長不發一語地默默咬著，好半晌才舉起右手，遞出半融化的冰棒。

「要吃嗎？」

「嗯，謝了。」

我微微彎腰，小小啃了一口。沁涼甜膩的味道從舌尖流淌入喉嚨，令我打了個冷顫。

「這段時間，你有見到小米嗎？」

「嗯嗯。」我搖了搖頭。

「是嗎……不過說得也是，如果有見到應該會立刻跟我聯絡吧。」

「不用擔心，小米遲早會回家。她可是很堅強的。」

學長一愣，點點頭說著「確實如此」，接著轉而問：「你都沒有問我呢。」

「有必要嗎？」

「我想要你問。」

學長用隨時會被夜風吹散的嗓音這麼說，圍繞在身旁的空氣彷彿變慢了。

我無所謂地聳肩，平靜詢問：「為什麼當初要那麼做？」

「因為我害怕了。」學長這麼回答。沒有思索也沒有遲疑，就像說出一個早已準備好的臺詞，「我並沒有你所認為得那麼堅強，只是個普通人。」

「我知道。」

「但是當時的我並不知道。」

學長自嘲地垂下眼簾，讓我不禁感到一陣心疼。

夜晚的風有些涼，繞過腳踝後又吹向街道彼端的更遠處。

「我的年紀稍長，下意識地以保護者自居，擅自決定了今後不管發生什麼事情都要讓你過得開心、繼續歡笑，然而腦海內規劃的理想越是美好，現實生活的落差就越是令人沮喪……等到回過神來，我才發現自己快要無法承受了……」

「為什麼不說出來？」

「我不想在你面前丟臉。」

學長露出難堪苦笑。

融化的冰流下手腕，滴落在地。

「我想要永遠當一個值得倚靠的對象，必須將這點貫徹到底。現在想來，我從學生時代就沒有長進，擅自營造出其他人心目中的理想形象又擅自感受到莫大責任，逼著自己做得更完美……」

在學長搬出公寓的無數寂靜深夜，我也反覆想過這件事情。

如果當初這麼做的話是不是會改變什麼？當初這個選擇會不會導致截然不同的發展？在腦內回憶過往，做著什麼也不會改變的妄想。

在小時候，人們總說我們可以擁有許多種未來，長大之後才明白實則不然，未來的道路只有一條。無論當初擁有過多少選項，最後只會知道唯一選擇的那條道路究竟通往何處，其他選項的未來都將變成「如果」。

娜娜學姊曾經說過 **If** 這個單字可以拆解成 **Imagine Future**。

「如果」即是「想像的未來」。

既然那些無法成真的妄想只能存在於午夜夢境，懊悔也不過是白費力氣。於是我決定今後不會在懊悔這件事情上面浪費時間。

「謝謝你願意回答這個問題，那麼等會兒要一起回家嗎？」

聽見我這麼問，學長露出一個難掩訝異的神情，不過很快就轉為溫柔。

「你真的一直以來都沒有變啊……」

我沒好氣地取出面紙交給學長。

在學長接過的時候，我們的手指稍微輕觸。

「老實說，搬家之後我偷偷去過公寓附近好幾次，站在街道轉角，遠遠眺望著陽臺。雖然沒有看見你或小米的身影，然而有種奇妙的踏實感，那天晚上都會夢到好事。」

「大門的鎖到現在都沒換過。」

我覺得自己說得很清楚了，但是學長似乎有聽懂我想要表達的意思，也似乎沒有聽懂。他緩緩地將融化的冰擦拭乾淨，用變成半透明的面紙包裹住木棍，掐住末端讓其左右轉動。

最後，我們沒有按照原先計畫，去居酒屋履行當時在計程車許下的約定，而是漫無目的地在城市亂晃。

安靜無人的公園、停滿腳踏車的人行道、可以眺望高速公路的河堤、被鐵皮圍牆包裹的荒地、燈光破滅閃爍的地下道、鐵捲門緊閉的家庭餐廳和空無一人的購物中心，走過了很多、很多的地方。我們倆始終並肩行走，垂下的手指關節偶爾會因為身體晃動而輕輕碰觸。

「那之後，我重考上了醫學系，最近才好不容易畢業。」

「所以可以執業了？真厲害！」

「只是比較擅長讀書啦，而且總覺得和社會脫節了很長一段時間。」

學長謙虛笑了幾聲。

「我還以為你並不想要繼承家業。」

「這個是雙親擅自規劃好的未來藍圖，那當中並沒有我的個人願意……所以我其實很慶幸有過那段上班族的經驗，讓我可以清楚知道自己想要成為醫生，才會選擇這麼做。」

我點點頭，注意到他的聲音似乎變得比剛才更開心。

直到整座城市陷入最寧靜的時刻，我們兩人的雙腿也不堪負荷時才準備打道回府，話雖如此，我們依然沒有搭乘計程車，而是隨口聊著無關緊要卻會牢記在心的日常瑣事，在沉寂的城市街道並肩前進。

如同預想，學長發揮紳士風度送我到公寓門口。抬頭注視的時候，他的表情猶如在凝視小時候珍惜不已的寶物。

我沒有開口邀請學長進入公寓，而是輕描淡寫地道別。

「改天見。」

「嗯，下次真的要找機會好好喝一杯。」

「都說了我不喝酒……雖然還是會陪你啦，聽說你的手機號碼一直都沒換過？」

「聽誰說的？」

我沒有回答，只是說：「我的也是，號碼都沒換。」

「我有聽懂啦，不需要重複那麼多次。」

學長溫柔地勾起嘴角，伸手揉了揉我的頭髮，接著頭也沒回地轉身離開。

或許在不久的某天，學長會突然來訪，在傍晚時分猛按門鈴，拎著一手啤酒和兩包洋芋片。習慣的薄鹽口味和起司口味。雖然感到訝異，我還是會露出笑容表示歡迎，問著學長為什麼不自己開門，都說了門鎖沒換，或許他會回答已經將鑰匙收進寶物盒裡面了。

進入客廳，學長先環顧著什麼都沒有改變的公寓，接著像展現滿分考卷的孩子似的，從紙袋取出兩個海豚造型的玻璃擺飾，做為伴手禮也做為驚喜，說是一年前和家人去馬來西亞旅遊的紀念品。躍出水面的海豚呈現優美的弧線，如果將兩個擺飾面對面擺放，正好會出現愛心的形狀。

客廳電視櫃原本擺放著海豚裝飾品的空間不夠大，擺不下兩隻，因此我會將之放在臥室的書桌。正好是球藻先前的位置。

我會準備好晚餐，不是什麼需要展現廚藝的菜色，平凡普通的晚餐。聊著彼此的近況，關於餐廳的事情，學徒的事情；關於醫學院的事情、今後開業的事情，其中夾雜著日常瑣事。

吃完晚飯，學長會自告奮勇地負責洗碗，接著我們在沒有開燈的客廳，連續觀看好幾部超級英雄的電影。

學長坐在沙發，我則是抱著粉紅色的鯨魚布偶坐在地板。一如往常的位置。

直到深夜，學長才心滿意足地離開公寓，招了輛計程車回家。

站在公寓外面的街道目送那輛計程車逐漸被夜色吞沒，我忽然有股衝動想要大喊，告訴學長我到現在依然記得他說過在日本是用「撿」一臺計程車這個說法，儘管如此，我最後仍舊沒有發出聲音，只是任憑莫名真實的想像烙印在眼底，久久揮之不去。

接著畫面逐漸變得朦朧、遠離。

然後夢醒了。

「——學弟，總算願意起床了？」

我似乎聽見娜娜學姊這麼說，不過肯定是錯覺。她找到願意與之共度一生的人，離開了這間公寓。現在這個於都市叢林一隅的老舊公寓二樓，除了我和粉紅色的鯨魚布偶，沒有其他人在了。

我大大伸了一個懶腰，視野逐漸變得清晰。

遲來響起的蟬鳴融入空氣，化成夏天的一部分，聒譟不已。用力打開陽臺的拉門讓陽光盡情流淌入室內，我看見代表夏日的積雨雲占據了半邊天空。藍與白的鮮豔對比令我不禁伸手遮掩。

學長前幾天說得沒錯，夏天到了。

天空蔚藍，今天是看不到雲絮的大晴天。

憑藉著欄杆，我用身體每個細胞去感受到這件事情，在溫暖耀眼的陽光當中思索著是否要久違晒一下棉被。

隔壁鄰居的陽臺擺著一個有著紅色鏽斑的晒衣架。底座堆了好幾袋袋口綁死的灰色塑膠袋和一個空罐頭。

所謂的愛戀究竟是怎麼一回事，時至今日，我依然找不到答案。

打從相遇的那天開始，我的愛意日與俱增，沒有一絲消退。曾經以為戀愛必須隨時待在一起、分享所有的情緒和想法，然而現在的我知道，即使分隔兩地，只要相戀著彼此，那份感情就是確實存在的。

蟬鳴聲不絕於耳。

遠處的積雨雲已經移動到山脈稜線的位置，逐漸遮蓋湛藍天空。

再次伸了一個懶腰，我轉身走回客廳，準備替自己沖泡一杯咖啡。

轉開蓋子加入咖啡豆。很快的，咖啡機發出嗡嗡嗡的低沉聲響，遲了好幾秒才開始運作，在馬克杯中注入冒著霧氣的現沖咖啡。我不疾不徐地倚靠著牆壁，等待咖啡泡好。

溫熱的風吹拂入室內，捲起淡色的簾幕。

當咖啡泡好，我端著馬克杯再度走回到陽臺，小口、小口地啜著。不是因為很燙，單純因為想要這麼喝。遠處山脈的積雨雲仍舊在緩緩移動，底部的顏色逐漸變灰變深，或許午後就會下場驟雨了。

緊接著，我聽見樹梢傳來枝葉碰觸的聲響，低頭就看見一隻肩膀位置有著黑斑的米白色貓咪踩著樹幹，穿過欄杆，靈巧跳到陽臺。

貓咪用尾巴輕拂過我的腳踝，理所當然地走入客廳，跳上沙發在熟悉的位置蜷曲著身子。她抬起有如天空的藍色眼眸，張嘴「喵」了一聲。

學長是對的，居然真的是從旁邊的櫸樹枝幹跳上來的。

我將馬克杯放在壓克力桌面，走到沙發旁邊，露出寵溺的笑容伸手輕撫。

「歡迎回家，小米。」

牽手的夜晚不作夢

作　　者／佐渡遼歌
執 行 長／陳君平
榮譽發行人／黃鎮隆
協　　理／洪琇菁
總 編 輯／呂尚燁
執行編輯／丁玉霈
美術監製／沙雲佩
美術編輯／陳又荻
國際版權／黃令歡、梁名儀
企劃宣傳／洪國瑋
內文排版／謝青秀

國家圖書館出版品預行編目資料

牽手的夜晚不作夢 / 佐渡遼歌作 . -- 一版 . -- 臺北市：城邦文化事業股份有限公司尖端出版：英屬蓋曼群島商家庭傳媒股份有限公司城邦分公司尖端出版發行, 2022.09
面； 公分
ISBN 978-626-338-356-2（平裝）

863.57　　111011231

出版／城邦文化事業股份有限公司　尖端出版
台北市 104 中山區民生東路二段 141 號 10 樓
電話：（02）2500-7600　傳真：（02）2500-2683
讀者服務信箱：7novels@mail2.spp.com.tw
發行／英屬蓋曼群島商家庭傳媒股份有限公司城邦分公司　尖端出版
台北市 104 中山區民生東路二段 141 號 10 樓
電話：（02）2500-7600　傳真：（02）2500-1979
劃撥專線：（03）312-4212
戶名：英屬蓋曼群島商家庭傳媒（股）公司城邦分公司
劃撥帳號：50003021
※ 劃撥金額未滿 500 元，請加付掛號郵資 50 元
法律顧問／王子文律師　元禾法律事務所　台北市羅斯福路三段三十七號十五樓

台灣地區總經銷／中彰投以北（含宜花東）　楨彥有限公司
電話：（02）8919-3369　傳真：（02）8914-5524
雲嘉以南　威信圖書有限公司
（嘉義公司）電話：（05）233-3852　傳真：（05）233-3863
（高雄公司）電話：（07）373-0079　傳真：（07）373-0087
馬新地區總經銷／城邦（馬新）出版集團 Cite（M）Sdn Bhd
電話：603-9057-8822　傳真：603-9057-6622
E-mail：cite@cite.com.my
香港地區總經銷／城邦（香港）出版集團 Cite（H.K.）Publishing Group Limited
電話：852-2508-6231　傳真：852-2578-9337
E-mail：hkcite@biznetvigator.com

版　次／2022 年 9 月 1 版 1 刷　Printed in Taiwan